光文社文庫

長編時代小説

炎上
吉原裏同心(8)
決定版

佐伯泰英

光 文 社

目次

第一章　人喰い猿（ひとくいさる）……9
第二章　染井観菊（そめいかんぎく）……81
第三章　暗殺の夜……148
第四章　裏見世の悲劇……211
第五章　吉原炎上……277

新吉原廓内図

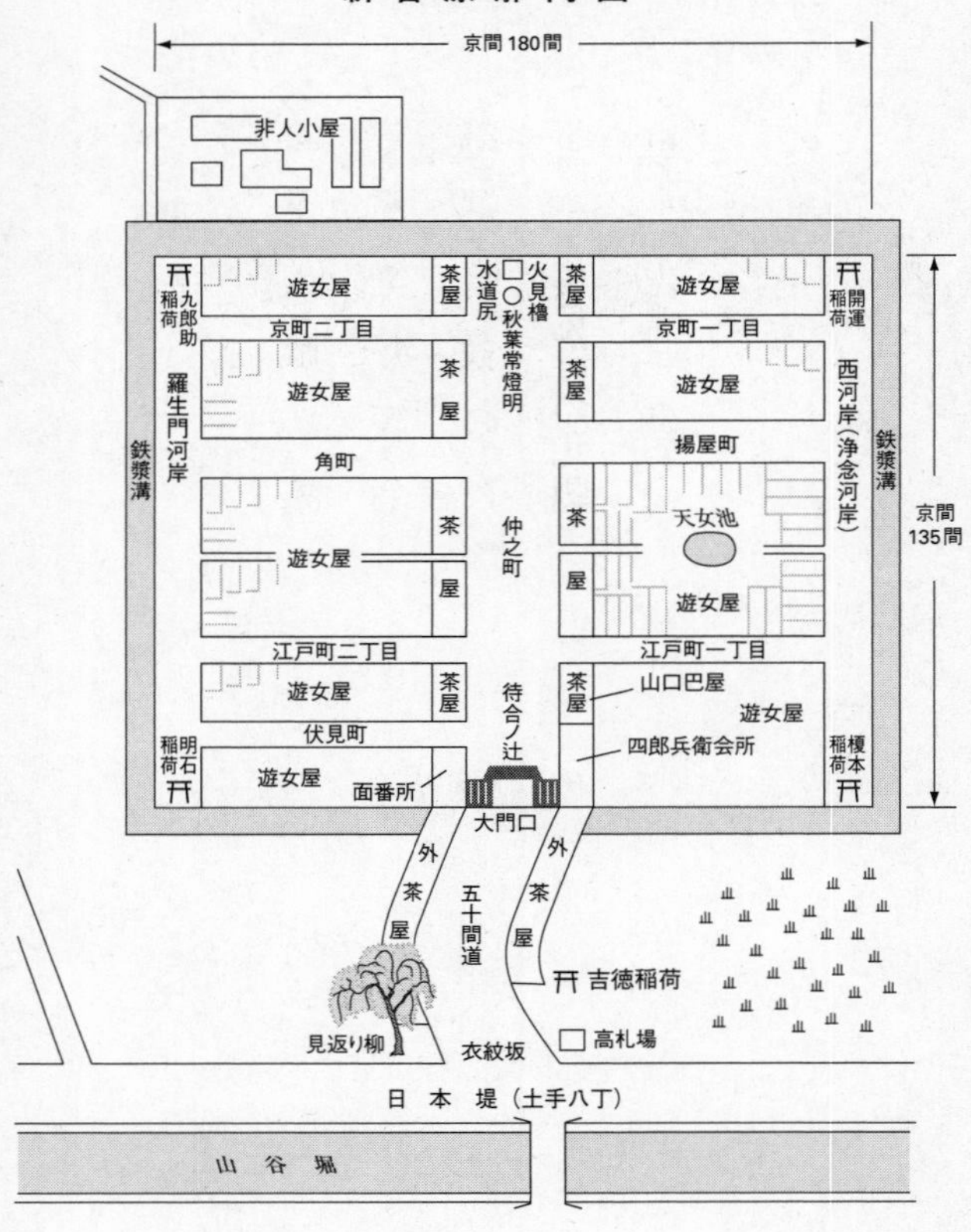
京間180間
非人小屋
九郎助稲荷
遊女屋
茶屋
水道尻
火見櫓
秋葉常燈明
開運稲荷
京町二丁目
京町一丁目
羅生門河岸
西河岸（浄念河岸）
鉄漿溝
揚屋町
角町
天女池
仲之町
京間135間
江戸町二丁目
江戸町一丁目
山口巴屋
待合ノ辻
伏見町
四郎兵衛会所
明石稲荷
榎本稲荷
面番所
大門口
外茶屋
五十間道
吉徳稲荷
見返り柳
衣紋坂
高札場
日本堤（土手八丁）
山谷堀

北
東
南
西
荒川
千住大橋
鐘ヶ淵
隅田村
三河島
田端
日暮里
千住道
小塚原
日本堤
隅田川
寺島村
駒込
谷中
金杉上町
新吉原
今戸町
千駄木
白山
下谷
鷲神社
山谷堀
今戸橋
小梅村
東叡山寛永寺
根津権現
本郷
浅草寺
東本願寺
浅草花川戸町
御薬園
小石川
中堂
幡随院
広徳寺
阿部川町
吾妻橋
伝通院
不忍池
新堀川
田原町
竹町ノ渡し
三間町
菊坂町
池之端仲町
下谷広小路
御徒町
並木町
駒形堂
湯島天神
蔵前
水戸徳川家
春日町
北割下水
牛込
森田町
御米蔵
石原町
神田川
神田明神
外神田
向柳原
天王町
柳橋
牛込御門
小石川御門
水道橋
浅草橋
御竹蔵
神楽坂
南割下水
番町
昌平橋
筋違御門
和泉橋
柳原土手
両国広小路
本所
田安御門
俎板橋
雉子橋御門
一ツ橋御門
内神田
馬喰町
両国橋
回向院
市谷
市谷御門
清水御門
神田橋御門
竪川
小伝馬町
今川橋
日本橋
新大橋
常盤橋御門
北町奉行所
小名木川
麹町
江戸城
室町
江戸橋
仙台堀
深川
半蔵御門
呉服橋御門
日本橋
南茅場町
材木町
西之御丸
南町奉行所
鍛冶橋御門
京橋
八丁堀
組屋敷
永代橋
霊岸島
富岡八幡宮
永田町
桜田御門
赤坂御門
石川島
山王日枝神社
数寄屋橋御門
西本願寺
越中島
新橋
築地
佃島
溜池
幸橋御門
汐留橋

『炎上』主な登場人物

神守幹次郎……豊後岡藩の元馬廻り役。幼馴染で納戸頭の妻になった汀女とともに、逐電。その後、江戸へ。汀女の弟の悲劇が縁となり、吉原会所の七代目頭取・四郎兵衛と出会い、遊廓の用心棒「吉原裏同心」となる。

汀女……幹次郎の三歳年上の妻。借金を理由に豊後岡藩の納戸頭藤村壮五郎の妻となっていたが、幹次郎とともに逐電。幹次郎の傍らで、遊女たちに俳諧、連歌や読み書きの手解きをしている。

四郎兵衛……吉原会所の七代目頭取。幹次郎を吉原裏同心に抜擢。幹次郎・汀女夫妻の後見役。

仙右衛門……吉原会所の番方。四郎兵衛の腹心で、吉原の見廻りや探索などを行う。

玉藻……料理茶屋・山口巴屋の女将。四郎兵衛の実の娘。

村崎季光……吉原会所の前にある面番所に詰めている南町奉行所隠密廻り同心。

足田甚吉……豊後岡藩の中間。幹次郎・汀女の幼馴染。

薄墨太夫……人気絶頂、三浦屋の花魁。

炎上——吉原裏同心（8）

第一章　人喰い猿

一

　秋の深まりとともに紅葉の名所は錦秋に染まり、人々はどことなく時の移ろいの華やぎを愛でつつも、近づく険しい冬を頭の隅に考え始めていた。

　世間の営みとは別に、吉原はなんの異変もない穏やかな日々が繰り返されていた。

　神守幹次郎は下谷山崎町の香取神道流津島傳兵衛道場に朝稽古に通い、汗を流し、体を苛める日々を過ごしていた。

　この日、その三人組の主従が道場に姿を見せたのは、幹次郎が稽古をそろそろやめようと考えていた四つ（午前十時）前の刻限だった。

若い門弟の重田勝也が、

「師範、旅の方がお手合わせをと申してお見えです」

と幹次郎と打ち合いを終えた師範の花村栄三郎に告げた。

「道場破りか」

「いえ、津島先生の武名を耳にしたので、お手合わせをと至極丁重に申しております」

そのとき、津島傳兵衛は剣友の御普請奉行佐久間忠志と稽古の最中だった。御普請奉行は『有司勤仕録』に、

「是は御城石垣普請、地形縄張、所々土居石垣堀浚橋等之事司之」

と説明があるように御城内の普請に関わり、上水および府内の武家屋敷をも管理した。二千石高の旗本から選ばれ、芙蓉の間詰めであった。

佐久間家も二千六百石の譜代だ。

花村はちらりと師のほうに目をやったが、津島傳兵衛の大らかな人柄を思い出し、

「礼儀を心得た者なれば道場に上がってもらえ」

と許しを与えた。

重田がなにか花村に言いかけてやめ、表口に走り戻っていった。その顔に好奇の表情が漂っているのを幹次郎は見ていた。

そのとき、表のほうで動物の鳴き声が響いた。

きいいっ！

「獣のようじゃが」

花村が幹次郎に問わず語りに漏らした。

幹次郎は近ごろ、下谷の山に野猿が出没するという話を聞いたばかりだった。それで野猿が庭の熟した柿の実でも食べに来たかと思った。

重田が案内してきた武芸者一行に猿が同道しているのを見て、花村も幹次郎も驚き、顔を見合わせた。

「重田、猿を道場に入れてはならぬ」

師範の言葉に重田も困惑の顔で、

「それがしも何度も申し上げたのですが、人に慣れた猿ゆえ迷惑はかけぬと申されて強引に」

と言い訳した。

若い門弟は異風の武芸者らの押しに抗しきれなかったようだ。

幹次郎は三人の主従の風体を見た。

主と思える大男は袖無しの陣羽織に裁っ着け袴、朱塗りの大小拵えの脇差を腰に手挟み、大刀は手にしていた。

顔は四角張って、目鼻立ちも大きくはっきりとしていた。八の字髭が鼻の下にあって、その両端が、

ぴーん

と跳ね上がっていた。

身の丈六尺二寸（約百八十八センチ）はあろう。胸の厚い体は二十五、六貫（約九十四〜九十八キロ）を超えていると思えた。

堂々たる武芸者ぶりだが、どこか愛嬌があって憎めないところも感じられた。

重田が相手の押し出しに負けた理由だろう。

残りのふたりと一匹の猿は従者か。

ひとりは黒塗り、長さ四尺（約一・二メートル）の杖を携えていた。年齢二十七、八歳か。背丈は五尺七寸（約百七十三センチ）、小太りだった。その風貌は、もそっとして摑みどころがなかった。

最後のひとりは腰と背が曲がった老傀儡子で、首から箱をかけ、肩に猿を乗せ

ていた。その腰に鎖鎌を差して、獣の皮で造った袖無しを着ていた。

元々は傀儡師と称し、江戸のころ、首掛芝居とも呼ばれた。人形を入れた箱に紐をつけて、首に提げて門付けをしたからだ。

「小倉の野辺の一本芒……」

などと歌いながら人形を踊らせ、最後には山猫と呼ぶ鼬を出して芸を終え、銭をせびった者たちだった。だが、この傀儡子は鼬の代わりに肩に猿を乗せてどのような芸をするというのか。

身の丈五尺（約百五十二センチ）そこそこの傀儡子は最初老いているように見えたが、意外に若いようにも思えて幹次郎は判断に迷った。

きええっ
傀儡子の肩で威嚇するように猿が鳴き、道場で稽古をしていた五、六十組の門弟たちもなにごとかと打ち合いをやめて、訪問者を見た。

津島傳兵衛も佐久間忠志との稽古を中断し、訪問者を見た。そこへ師範の花村と取り次いだ重田が報告に行った。

「あいや、津島傳兵衛先生と存ずる。不躾にも道場に上がり込んだ責めはご門弟にはござらぬ。それがしが強引に頼んだものでな、お許しを得たい」

機先を制して、話しかけた訪問者を津島傳兵衛が注視した。

「貴殿は」

「それがし、回国修行中の者にて江戸に入り、津島傳兵衛先生の武名をあちらこちらで聞き及び、一手指南に与りたいと、かくも参上した次第にござる」

「姓名の儀は」

「菊水三郎丸景恒にござる。剣術は真天流、槍術は中条流を齧り申した」

菊水三郎丸は丁重に答えた。

「立ち合いがご所望か」

「できることなれば」

「どちらで所望か」

傳兵衛が槍か剣かと問うた。

「有難き幸せにござる。できることなれば槍にて稽古をつけてもらいたい」

「稽古槍でようござるか」

「構いませぬ」

頷いた傳兵衛の傍らから花村が、

「当道場では旅の武芸者は、まず弟子が稽古相手を務めるが習わしにござる。宜しゅうござるか」

「承知仕った」

　菊水三郎丸一行が道場の一角に下がり、菊水は手にしていた大刀と腰の脇差を置くと壁に掛かっていた稽古槍に歩み寄り、

「お借りしてよいか」

　と花村に許しを得た。

「お好きな稽古槍をお選びください」

　菊水は柄が八尺（約二・四メートル）余、先端に古布と綿を固く巻いて怪我などせぬようにしたたんぽ槍を摑んで、二度三度と扱いていたが、

「これをお借り致す」

　と道場の中央に戻った。

　花村が傳兵衛を見た。

　花村は行きがかり上、自らが対戦相手を務めるつもりでいた。

「花村、臼田が来ておったな」

　傳兵衛は入門十年余の御家人の次男坊、臼田小次郎を指名した。

　その声に臼田が張り切り、

「はっ」

と声を発すると菊水の前に進み出た。

木刀を手にした臼田は、小柄なだけに俊敏迅速の剣風で津島道場では中位より上に位置していた。

「菊水どの、審判はそれがし、津島傳兵衛が相務めさせていただく」

傳兵衛が毅然と言い放った。

「承知致した」

菊水はあくまで謙虚だ。

稽古槍と木刀を構え合った菊水と臼田は、間合二間（約三・六メートル）で礼をし合い、

「勝負は一本」

の傳兵衛の声に菊水が、

ぱあっ

と半間（約九十一センチ）飛び下がり、臼田が反対に一間（約一・八メートル）以上も間合を詰めて、稽古槍と木刀が絡み合い、乾いた音を響かせ合った。

速攻で槍の内懐に入り込もうとした臼田だったが、さすがに菊水は八尺の稽

古槍を突き立てて、木刀の間合に入ることを許さなかった。

槍が目まぐるしく繰り出され、臼田の木刀も必死に攻めた。

だが、菊水は余裕を持っていた。

一方、臼田は緒戦で手の内を晒して動きを読まれていた。

稽古槍の先端を弾いて臼田が内懐に飛び込もうとするところを菊水は迅速に手繰り込み、二撃目で臼田の腰を突いて後方に倒した。

「勝負ござった」

津島傳兵衛は菊水の実力を測りかねていた。

臼田の迅速に手古摺ったようにも思え、わざと手古摺ったと思わせる策かとも考えた。

「先生、それがしがお相手を務めます」

傳兵衛の気持ちを察したように花村が言い出した。

傳兵衛は頷くと、津島道場の老練な師範に託した。

菊水と花村の立ち合いは一転静かな睨み合いから始まった。互いが互いの間合に入り込むことを牽制し合い、一見凍てついたように両者が動かなくなった。

長い不動の睨み合いを動かしたのは傀儡子が肩に乗せた猿の鳴き声だった。

きええっ！

野生の鳴き声に吊り出されたふたりが同時に間合を詰め、稽古槍を突き出し、それを引きつけた花村が弾いて菊水の内懐に入り込み、槍を支える左手を叩いて、

「勝負ござった！」

の傳兵衛の声が響いた。

さっ
と菊水が稽古槍を手に下がり、床に座し、花村と礼をし合った。

「津島傳兵衛先生、さすがに香取神道流のご流儀、それがしの力が及ぶところではございませんでした。よき経験にござった」

と潔い挨拶をした菊水が、

「これにて御免」

と下がりかけると、猿がなにかを催促するように鳴いた。すると一旦引き下がりかけた菊水が、

「津島どの、厚かましい望みをもうひとつお聞きくださるか」

「なにかな」

「それがしの仲間にも津島道場の技を体験させて、今後の励みとしとうござる。

この儀、いかが」

仲間にも稽古をつけさせたいなどあまり聞いたこともない。それだけ菊水は鷹揚なのか。

傳兵衛がまだ床に座して控える花村を見た。

花村が頷き返した。

「承知した」

傳兵衛の許しに菊水が、

「七縣堂骨鋒、前へ」

と呼ぶと、なんと肩に猿を乗せた老傀儡子が、

すいっ

と立ち、道場に進み出た。

いつの間にかその手には鎖鎌が持たれていた。それも刃を丸めたものではなく本身の武器だ。

幹次郎はその瞬間、危険な企みを感じ取った。

「なにっ、猿を従え、真剣勝負をなさると申されるか」

さすがに傳兵衛もどう捉えるべきか迷った。

「七縣堂骨鋒と猿とは一心同体でござってな」

菊水が平然と言い放った。

幹次郎は傳兵衛がどう決断をつけるかと注視していた。

傳兵衛の視線が宙にさ迷い、神守幹次郎とぴたりと合った。

傳兵衛の迷いが晴れ、

「そなたがお相手を務めてくれるか」

と客分格（きやくぶんかく）の幹次郎に言った。

「はっ」

と畏（かしこ）まる幹次郎に頷き返した傳兵衛が、

「師範はそなたの師と立ち合（お）うたばかりゆえ、そなたの相手は新手（あらて）と致す」

道場に背を曲げて立つ傀儡子の七縣堂骨鋒はなにも反応を見せず、猿がそれに代わって、

きいっ

と鳴いた。

花村が幹次郎に会釈（えしやく）して下がった。

幹次郎は木刀を手に、立ったままの七縣堂と猿の前に座した。

「菊水三郎丸と申されたかのう。そなたら、なんぞ含むところがあって当道場に入り込まれた様子じゃな」

傳兵衛が引き下がった菊水に問うた。

「津島傳兵衛道場の看板をいただく所存で上がり込んだ」

と答えた菊水が、

「こちらに神守幹次郎と申す者がおると聞いてきた」

と言い足すと稽古槍を床に投げ捨てた。

ごろごろと稽古槍が床を転がり、止まった。

「それがしにござる」

対戦の仕度を終えた幹次郎が答え、

「ほう、そなたがのう」

と菊水が幹次郎を確かめるようにしげしげと見た。

「神守幹次郎、ただの猿と侮(あなど)られぬことだ。人喰(ひとく)い猿よ」

と菊水が告げた。

幹次郎は三間(約五・五メートル)先に立つ七縣堂と猿の動きを見た。

七縣堂の右手から、

だらり

と鎖鎌の分銅が垂れて下がった。左手に鎌が構えられた。

猿は支えもなく腰が曲がった七縣堂の肩に止まっている。その爪が長く光っていた。

けけけっ

猿が牙を剝いた。牙には鋭く尖った刃が隠されていた。

分銅が回り始めた。

津島道場に緊迫の空気が走った。もはや稽古でも打ち合いでもない、明らかに真剣勝負の場へと変わっていた。

傀儡子の七縣堂は下目遣いに幹次郎を睨みつつ、

ひょい

と分銅を幹次郎の座る前に投げた。

同時に肩の猿が飛び上がり、威嚇した。いや、幹次郎の注意をそちらに向けようとした。

その直後、

きえええいっ

という気合が道場に響き渡り、座したまま幹次郎が虚空に飛び上がり、分銅がそれまで幹次郎が座していた厚い床板を叩いて穴を開けた。

幹次郎がふわりと後方に下り立った。

七縣堂の肩では幹次郎の気合と跳躍に驚かされた猿がさらに牙を剥き出して威嚇していた。

三人と一匹、だれが真の主か。

幹次郎は考えていた。

菊水三郎丸ではない。いまひとりの従者は正体を見せてはいなかったが、頭目とも思えなかった。

すると七縣堂骨鋒か。

神守幹次郎は迷った末にひとつの仮定をした。

それに狙いを定めた。

木刀を構えた。

七縣堂の分銅の動きが速まり、

びゅんびゅん

と音を立てて回転していた。

その間にも人喰い猿が幹次郎を威嚇しつつ、気を乱そうとした。

不意に七縣堂の曲がった腰と背が伸びた。

五尺の矮軀がすっくと伸びたような錯覚を与えた。

「はっ」

分銅が円回転から直線の動きに変じて、幹次郎の顔面へと飛来した。

幹次郎は鉄の分銅を木刀で軽く弾いた。すると分銅はそれを読んでいたかのように軌道を変えて、幹次郎の木刀に絡みついた。

鎖がぴーんと張られた。

傀儡子の体のどこにそのような力が潜んでいたか。ぐいぐいと幹次郎を引き寄せた。

幹次郎は木刀を立てて堪えた。

鎖がぶるぶると震えた。

人喰い猿が勝ち誇ったように鳴いた。

一見傀儡子の外見は幹次郎より十五も二十も年上のように思えた。だが、その力は若い幹次郎の力と拮抗していた。

一進一退、七縣堂と幹次郎は長さ二間余の鎖を挟んで必死の攻防を展開していた。

幹次郎はどこでどう鎖を解き放つか。

七縣堂はどう幹次郎を引き寄せ、左手の傀儡子の鎌の刃で首筋をひと搔きに撫で斬るか。

力の拮抗が徐々に壊れ始め、小さな体に大きな幹次郎が引き寄せられ始めた。

するといよいよ猿が口を大きく開けて牙を剝き、幹次郎を脅迫した。

鎖の長さが一間半（約二・七メートル）に縮まった。

猿の牙が接近した。

さらに七縣堂が力を入れて、引き込もうとした瞬間、
きえええっ
と腹に響く薩摩示現流の気合が幹次郎の口から漏れた。

同時に猿が大きく腕を振り回すと爪先から細く鋭利な小柄が外れて、一条の光に変じて幹次郎の喉元に飛んだ。

直後、幹次郎の体が虚空に飛翔した。

小柄が体の下を掠め去った。

鎖がぴーんと張って水平から垂直へと変わった。そのせいで人喰い猿の投げた

小柄は板壁まで流れて食い込んだ。おそるべき力だ。

ちぇーすと!

さらに怪鳥にも似た鳴き声が道場内を圧すると、木刀が幹次郎の背に打ちつけられるまで引き上げられ、その反動で分銅が解け、飛んだ。

外れた分銅は七縣堂の肩に乗る人喰い猿を目がけて飛び、眉間にめり込むように当たって猿の頭を砕いた。

げええっ
悲鳴とともに猿が七縣堂骨鋒の肩から落下し、痙攣した。

ふわり
と幹次郎が道場の床に下りていた。

幹次郎の目に、猿の死に動揺する七縣堂の姿が映った。

「勝負ござった。猿を伴い、立ち去られよ」

津島傳兵衛の声が響き、

「神守幹次郎、そなたの手の内見た。次なる機会、命はもらった」

強がりか、菊水が叫び返して、三人の武芸者が津島道場から姿を消した。

二

幹次郎は浅草田圃を抜けて吉原への道を辿っていた。

風が穏やかに吹いていく。すると日差しがきらきらと光った。稲刈りを終えた田圃に雀が群れをなして落穂拾いをしていた。

寺町からはらはらと桜紅葉が落ちてきて、幹次郎の足元に落ちた。

虫食い葉の風情はなかなかで、中には桜より鮮やかに赤い柿紅葉が混ざっていた。

息絶えし　孤猿の骸に　落ち葉散る

こんな光景が幹次郎の脳裏にふと浮かんだ。

津島道場では猿の死骸を抱えた三人の道場破りが姿を消したあとも、しばし重苦しい沈黙が続いた。

門弟衆もなかなか真剣勝負を見る機会がなく、道場で行われた戦いをどう受け取っていいか、驚きを隠せないでいた。

神守幹次郎の攻撃が、人ではなく猿に向けられたことを得心できない門弟もいた。

剣友の佐久間忠志が道場主の津島傳兵衛に、

「あやつどもの真意が判然としませぬのう。神守どのの名を出したゆえ、神守どのに恨みを持つ者と考えられないこともないが」

と呟き、そなた、あやつらに覚えがござらぬかと訊いた。

「ございません」

「ふーむ」

と佐久間が首を傾げ、

「ただの通りすがりの道場破りではありますまい。神守どのの名は出したが、それがしに恨みを抱く者に頼まれた三人とも考えられる」

と傳兵衛が言った。

「津島先生も若き日、回国修行の時代に真剣勝負を幾度もなされたと申されるから、その際に敗北を喫した御仁の縁の者と考えられぬこともあるまい」

と答えた佐久間が、

「その詮索は別にして津島傳兵衛どの、そなたの門弟にこのような凄みの剣を遣う御仁がおられたか」

と道場の端に退いた神守幹次郎を目で追った。

「よい機会かな、紹介申し上げよう」

と答えた傳兵衛が幹次郎を手招きした。

「ご苦労にござったな」

「いえ、それよりも道場を汚して申し訳ございませぬ」

「なんの、立ち合いになれば血も流れるは必定、そのような斟酌はいらぬ」

と笑顔で答えた傳兵衛が、

「神守どの、ちと教えていただきたい。そなた、傀儡子の猿をなぜ狙われましたな」

とその場の門弟の気持ちを代弁するように訊いた。頷き返した幹次郎が、

「まず三人のうち、だれが真の頭目格かと疑いました。あのような者どもは頭分さえ打ち据えれば、決着がつくものです。最初の大兵菊水三郎丸はいかにも押し出しも立派、頭分のように振る舞っておりましたが、どうも判然としませぬ」

幹次郎が言い、傳兵衛が頷く。

「続いて菊水が指名した傀儡子の七縣堂は菊水の従者のような態度でございましたが、実は違うとみました。腕は菊水より明らかに上かとそれがし推量しました。三人目は立ち合う機会もなく、未だ力を秘めたままにございます。また、それがしも三人の狙いが奈辺にあるか疑いましてございます。最初、津島道場の看板を外すのが目的と申し、次にはそれがしの名を出した。ならば、傀儡子の肩に乗る猿を狙うて、三人の反応がどうなるか確かめようかと考えたまでにございます」

「人喰い猿と菊水三郎丸が自慢げに紹介しただけにただの猿ではない。人殺しを何度も繰り返してきた面相をしておった。まさか猿が三人の頭とは申されまいな」

傳兵衛の応答に、しばらく沈思した幹次郎が首肯した。

「そなたに猿を斃された三人、早々に道場から退却しおったな。三人を繋ぐ絆が猿であったか。ともあれ、わが道場を訪ねた彼らの見込み違いは神守幹次郎どのの薩摩示現流であったようだな」

道場にいた半数の者たちは、幹次郎が発した気合と超人的な跳躍が薩摩藩の御家流東郷示現流の技かと納得した。そして、猿を狙った幹次郎の意図も理解した。

「あの者たち、ふたたび道場に姿を見せると思われるかな」

「あのまま諦めるとも思いませぬ」

「花村師範、用心に越したことはないぞ」

と傳兵衛が師範に注意を与え、

「佐久間様、神守どのは官許の遊里吉原の四郎兵衛会所の用心棒でな、近ごろでは吉原面番所の隠密廻り同心より会所の裏同心の神守幹次郎どののほうが頼りになると、四郎兵衛どのばかりか、妓楼の主たちがこぞって信頼を置く人物です」

と御普請奉行に紹介した。

「神守氏はまた粋な場所にお勤めかな。窮屈な城勤めの身には羨ましいご身分です」

と佐久間が笑った。

「佐久間様、それがしと女房のふたり、故あって追っ手にかかる宿命にございまして、長年、流浪の旅を重ねて参りました。偶々吉原近くに漂泊し、それを知った追っ手に追い込まれた折り、吉原会所の四郎兵衛様らに手助けしていただき、追っ手を気にせずともよい暮らしを得たのでございます」

「それで吉原会所のために働くことになったか」

四郎兵衛会所は吉原会所とも称された。

「はい。それがしと女房のふたり、吉原に身を預け、微力を吉原と遊女方のために尽くしております」

「なにっ、ご新造どのも吉原でお働きか」

「はい。遊女に文字を手習いさせ、文の書き方やら歌道や香道やらを教えております」

「そのような生業が吉原にあったとは不案内であった」

佐久間が吉原の裏を知り、感嘆した。

神守幹次郎と汀女の仕事は、吉原三千人の遊女の身を守ると同時に、遊里から密かに足抜を考えたり、悪事に手を染めたりする女たちの企みを潰すことにもあった。

汀女は手習い塾でふと遊女たちが漏らした言葉の端々から女がなにを考えているか推し量り、もし漏らした言葉の背後に吉原の利に反することが隠されているようなれば、直ちに四郎兵衛会所に報告する義務を負わされていた。

会所では神守幹次郎と汀女の務めに対して、それなりの報酬と住まいを与えていたのだ。

「先生、それがし、神守幹次郎どのの仕事を初めて知りました」

と若い門弟の重田が口を挟んだ。

「重田、そのほうら、局見世（切見世）にこそこそと通っておるようだが、神守どのはすべて承知じゃぞ」

津島の言葉に、

「えっ、それがしの馴染も摑んでおられるので」

と重田が仰天した。

「重田様、それがしのお役は遊客の行動を探ることではございませぬ。遊里の中で騒ぎが起こらぬように会所の命で動くだけの務めにございます。ご安心くだされ」

「安心しました」

と重田が思わず漏らし、

「それにしても仲之町で神守様と出会うことも考えられますか」

「しばしばお通いなれば出会う機会もございましょう。その折りは知らん素振りを致しますので、礼儀知らずと怒らんでくだされよ」

と幹次郎が応じ、

「勝也、そのほうの敵娼が病気持ちかどうか、神守様に調べてもらったほうがよいぞ」

と年配の門弟にからかわれ、笑いが起こった。そのせいでなんとなく三人の道場破りが残した強烈な戦いの印象が薄れた。

幹次郎は五十間道の途中に出た。

騒ぎがあったのでいつもより出勤が遅れ、昼九つ（正午）に近かった。

五十間道の中ほどにある引手茶屋相模屋の表口では、男衆の甚吉がせっせと打ち水をして昼見世の客を迎える仕度をしていた。

「甚吉、おはつさんの具合はどうか」

「つわりも軽いようでな、手で腹を触ると、日に日に腹が迫り出しておるのが分かるわ」

と甚吉が大声を上げて答えた。

足田甚吉は神守幹次郎と汀女と同じく豊後岡藩の奉公人であった。

幹次郎は下士、甚吉は中間でともに俸給もかつかつの暮らしぶりだった。

神守幹次郎と汀女のふたりが吉原会所に拾われ、暮らしが安定したことを知った甚吉もふたりを見習い、外茶屋の相模屋の男衆として働き始めた。そして相模屋の女衆のおはつと知り合い、夫婦になったところだった。

「甚吉、そなたの幸せな気持ちは分からぬではない。だがな、そのような私事はもそっと小声で申すものじゃ」

「武家奉公をしていたとはいえ、こっちは国表の長屋住まい。つい声が大きいでな」

と甚吉が笑った。

「ともかく幸せなればよい」

幹次郎は甚吉と別れて大門前に差しかかった。すると大門の中から黒塗りの乗物が出てきた。

御免色里の吉原は大門の中に駕籠を乗り入れることは格別な身分の者以外禁じられていた。門外の高札には、

「医師之外何者によらず乗物一切無用たるべし」

の通告がなされていた。

一夜千両の遊里の大門を潜るとき、どんな分限者も大身旗本も、乗り物で出入りすることはできず、徒歩で大門を潜らねばならなかった。むろん掟の背景に

は遊女の逃亡を防ぐ目的が秘されていた。

その代わり、お大尽の遊客ならば太夫が仲之町の引手茶屋の店先まで花魁道中で華やかに迎えに出て、

「仲之町張り」

と称する歓迎に浴することができた。

これは吉原に遊ぶ客の最高の自慢であり、虚飾であった。

ともあれ、この刻限、黒塗りの乗物が姿を見せた。どこかの妓楼の遊女が病に倒れたのだろうか。

着流しに一文字笠の幹次郎は大門を潜った。すると吉原会所番方の仙右衛門が長半纏を粋に着こなして会所の前に立っていた。

「番方、よい日和にございます」

「神守様はさっぱりと汗を搔いた様子でございますな。湯屋じゃねえ、剣術の稽古ですね」

「さすがに番方、男臭い汗を嗅ぎ分けられましたか」

苦笑いした仙右衛門が、

「最前、汀女先生にお会いしたとき、亭主どのは下谷山崎町に朝稽古と聞かされ

ておりましたんでねえ」

とあっさりと種明かしをした。

その仙右衛門が真顔で幹次郎の体をくんくんと嗅ぎ、

「おや、神守様のお体から獣の血の臭いが」

と訝しい顔をした。

「番方は獣の血まで嗅ぎ分けられるか」

幹次郎は津島道場を訪れた猿連れの三人組の道場破りの一件を話した。

「それはまた昼前から風変わりな者が参りましたな」

「私は気づきませんでしたが、猿の流した血の臭いが体に染みておったのでしょう。さすが番方だ」

「なぜか子供のころから獣の臭いを敏感に嗅ぎ分けられましてな、もっともなんの役にも立ちません」

と苦笑いした仙右衛門に幹次郎は訊いた。

「ただ今お医師の乗物が門を出たようですが、だれぞ病気ですか」

頷き返した仙右衛門が、

「京町一丁目の半籬（中見世）大丸屋のお職、紅一位を承知ですかえ」

「たしか夏前に吉原に入られ、たちまち大丸屋の稼ぎ頭のお職に就かれた遊女ですね」

「へえ、歳は二十二、深川永代寺門前仲町の梅村の抱えで売れっ子だった女を大丸屋の旦那が引き抜いてきなすった」

と答えた仙右衛門が、

「会所に入りますかえ」

と話があるのか、幹次郎を誘った。

そろそろ昼見世の刻限だ。

仙右衛門は当然のように会所の表戸から中に入る。

一方、幹次郎はいつものように江戸町一丁目に狭く口を開いた路地から吉原会所の裏口へと抜けようとした。

神守幹次郎が会所の用心棒に就いたのはそれなりの理由があってのことだ。大門の左手にある江戸町奉行所隠密廻り同心が詰める面番所のことを考え、幹次郎は会所裏口からの出入りを自らに課してきた。

裏口が大きく開け放たれて、会所の隣、七軒茶屋山口巴屋の女主の玉藻と汀女が板の間でのんびりとお茶を喫していた。

「おや、幹どの、参られるのが遅うございましたな」

汀女に声をかけられ、一文字笠を脱いだ幹次郎は、

「ちとお邪魔する」

と声をかけながら山口巴屋の広い土間に入った。

「下谷山崎町に風変わりな訪問者があってな」

と前置きして、ここでも遅くなった理由を述べた。

「なんと、幹どのが猿を連れた道場破りと戦われたか」

「猿を殺したくはなかったが、あの猿は人を殺めるために訓練されてきた猿だ。致し方なかった」

頷いた汀女が、

「この騒ぎ、後を引きませぬか」

と憂慮を口にした。

「あやつらが容易く引き下がるとも思えぬ。そのとき、やつらの矛先が津島傳兵衛先生に向けられるか、それがしに参るか」

幹次郎が首を傾げた。すると玉藻が尋ねた。

「神守様、道場から直に吉原に参られましたので」

「姉様がこちらに参っておるのは承知しておりましたからな」

「まさか朝餉昼餉抜きでこの刻限までおられたのではございますまいな」

玉藻が訊き、

「いえ、それが騒ぎに紛れてつい食するのを忘れておりました」

「それは大変」

と声を上げた女主が女衆に命ずると、たちまち膳が揃えられた。

高足膳にはなんと鯛の煮付け、茄子ときのこの煮物、酢の物など馳走が並んでいた。

吉原の中でも大門近くに店を構える七軒茶屋の筆頭山口巴屋は、名代の分限者、豪商、大身旗本の顧客を抱え、大勢の男衆女衆が奉公していたから、いつ何時でも一つふたつの膳を用意するくらい朝飯前のことだった。

「頂戴する。それにしても鯛の煮付けとは昼から奢っておる」

と呟きながら、幹次郎は黙々と食べた。それを年上の姉様女房が甲斐甲斐しく世話をして、玉藻が、

「いつもながら汀女先生と幹次郎様にはあてられるわね」

と苦笑いした。

三杯飯を食して幹次郎は大満足した。

「食したばかりで悪いが会所に顔を出してこよう」

「ならばお茶はあちらに運ばせます」

玉藻が言う。

吉原会所の七代目の四郎兵衛は玉藻の実父で山口巴屋の主でもあった。会所と山口巴屋は隠し戸からも行き来ができた。

だが、幹次郎は着流しに草履(ぞうり)を履いて茶屋の裏口から一旦路地に出て、会所の裏口へと回った。

格別急用が生じていそうでないことは、最前の番方の様子で分かっていた。

だが、幹次郎は一日に一度は必ず会所に顔を出し、四郎兵衛や仙右衛門らから指示を得たり、遊里で起こった諸々(もろもろ)の出来事を聞かされたりしていた。そんな情報交換が思わぬ事件の発覚に繋がり、解決に導くことがあるからだ。

「番方、話の途中で相すまぬ」

「山口巴屋の裏関所には、玉藻様と汀女先生が目を光らせておいでだ。そう容易に素通りはさせてくれますまい。また一席、下谷山崎町の猿連れの道場破りの段を語ってこられましたかえ」

と仙右衛門が笑った。

「まあ、そんなところだ」

神守幹次郎も苦笑いで答えた。

「本日、七代目は」

「十月の紋日、恵比寿講の催しの打ち合わせで、松葉屋さんまで出向かれておられます」

なんとなく会所が長閑なのはそのせいか。

「先ほど大丸屋の紅一位の話が途中でしたな」

仙右衛門もそのことを気にしていたか、自分から言い出した。

「なんぞ気にかかることがございますので」

いえ、と番方は首を横に振った。

「吉原の半籬とはいえ、流行っている見世のお職に昇りつめるには大変な努力が要ります。まして紅一位は深川の門前仲町の遊里から移ってきた女郎です。大丸屋の朋輩たちの反発もございましょうし、万事仕来たりを重んじる御免色里でお職を張るのは大変なことですよ」

「吉原に参って一年も経ってない。なんぞ秘密がございますので」

幹次郎は番方に尋ねた。

「粋、張り、見栄が吉原の女郎衆の気概とは申せ、客の数にはなにごとも敵いません」

「紅一位には直ぐに客がつきましたので」

「深川の門前仲町で客だった者たちがそっくり吉原に売られた紅一位の許へと通ってきましてね、大丸屋に移った翌月からお職です。仲間の妬みもさぞ大変でしょうよ」

「それは凄い。こたびの病はなんぞ朋輩衆との諍いが因ですかな」

「わっしも紅一位の病がなにかよくは存じませんので。どうです、暇潰しに京町を訪ねてみますか」

幹次郎と仙右衛門は顔を見合わせ、頷き合った。

三

昼見世が始まろうという刻限だ。賑やかなはずだが、大丸屋はどことなく沈んでいた。

幹次郎が京町一丁目に大丸屋という半籬があることに気づいたのは最近のことだ。それほど地味な見世構えがこの数ヶ月前から急に変わって、幹次郎は、

（ああ、こんなところに妓楼があったか）

と知ったほどだ。

細い格子を縦横に組んだものが籬だ。遊女屋の入り口を入ると全面格子に囲まれた
遊女屋の格はこの籬で示される。遊女屋の入り口を入ると全面格子に囲まれた妓楼が大籬、大見世だ。

「大籬見世といへるは、家々によりて揚代のたがへあれど、呼出し、座敷ばかりを商ひし故に、大見世とぞいふなる。又大見世にて新造を売ることは、近世の事なるべし」

『柳花通誌』による大籬の格付けだ。

ここでいう新造は振袖新造、留袖新造など「新入り」の遊女ではなく、部屋持ち女郎より下級の遊女を指す。

大籬に所属する新造が身を売り始めたのは天保（一八三〇〜四四）前後ということになる。

吉原の見栄、張り、粋を売ったのが大籬ならば、半籬、小見世（総半籬）は

気楽に情けを交わし合う楼といえようか。

妓楼の入り口に暖簾が掛かり、通りに面した格子から直角に繋がる格子が張られていたが、その上方が半分ほど空いている見世が半籬、四分の一ほど空いているのが総半籬だ。

吉原の長年の風習や格式が崩れていくのが天保期、仙右衛門と幹次郎が大丸屋の入り口の暖簾を手で分けようとした天明期（一七八一〜八九）は、未だ吉原が京の島原以来連綿と繋がる習わしを保持していた時代だった。

「御免よ」

張見世の中に一気にお職に昇った紅一位の姿は当然なく、新造がひとり暇そうに座っているばかりだ。

仙右衛門の声に、

「どなた様」

番頭の桃助が奥から顔を突き出し、

「番方か」

と表情を変えた。

「取り込み中かえ」

仙右衛門が訊いた。

中年の番頭の桃助の顔つきが目まぐるしく変わり、

「医者が乗り込んできたんじゃあ、隠すわけにもいきませんね」

と奥を見て、

「番方、外で話していいかえ」

と訊いた。

「どこだろうと構うこっちゃねえ。会所は見世を助けるのが仕事だ」

仙右衛門は桃助を水道尻の火の番小屋に連れていった。この小屋の番太を長年小吉爺が務めていたが、小吉は仔細あって吉原見番の頭取に出世していた。

この小吉のあとを足の悪い若い衆のいたちが受け継いでいた。いたちの本名は板吉だが、顔が尖っていることもあり、いたちで通っていた。

「いたち、しばらく番小屋を貸せ」

「番方、ひと回り遊里を廻ってくらあ」

仙右衛門がなにがしか小遣いを与え、いたちは出ていった。

番小屋の土間には七輪が熾り、鉄瓶がしゅんしゅんと音を立てていた。

「桃助さん、上がり框に座りねえ」

と仙右衛門が桃助に向き合う場所に腰を下ろし、桃助を手招きした。

「へえっ」

桃助がちらりと幹次郎のほうを気にして腰を下ろした。

幹次郎は板の間に急須と茶碗など茶の道具があるのを見て、茶の仕度を始めた。

「紅一位の病はなんだえ」

「それが」

と桃助は言い淀んだ。

「なんぞ会所が役に立つと思うなら、腹を割ってくれ。無理に訊こうなぞとは考えてもいねえ」

仙右衛門がさらに言いかけた。

「番方、正直、旦那も女将さんもどうしたものかと迷っておいでの話だ。まず主に断るのが筋だが、なんぞ起こってからでは遅いや。その心積もりで聞いてくれませんか」

「承知した」

「紅一位は病じゃないんで。だれぞに毒を盛られた様子なんだ」

「毒を盛られたって」

仙右衛門の驚きの声に幹次郎も顔を上げて、桃助を見た。

「この二十日余りのうちに何度か繰り返されてねえ、最初は食あたりか水あたりと思っていたんだが、段々と酷くなる。昨日は、下痢はする、嘔吐はする、七転八倒の苦しみで見ちゃいられない、一時は死ぬかと思いましたよ。それを深川以来の紅一位の知り合いの医師が呼ばれて、手際よく胃の中のものを吐かせましたんでねえ、なんとか命は助かりました。そんなわけで、とても座敷どころじゃない話でねえ」

「そいつは酷い目に遭ってなさるねえ」

幹次郎が急須に鉄瓶の湯を移した。

「二十日前から何度ほど毒が盛られたと思いなさるね」

「四度です」

「四度か、とても客にできるこっちゃねえな」

「三度目は座敷を休んでいた折りのことですからね、四度とも同じ者の仕業とすると客ではないことになります」

大丸屋でも事の裏側を考え続けていたのだろう、番頭の桃助は答えた。

「最前のお医師が深川から呼ばれたのだな」

「それなんで」

と身を乗り出した桃助の前に幹次郎は茶を差し出した。

「お侍に申し訳ございません」

「番頭どの、それがしは会所の陰だ、気に障るかもしれぬが、いない者だと思うてくれ」

幹次郎に頷き返した桃助が、

「まさか紅一位が、深川で馴染の医師に使いを走らせて呼び出していたなんて知りませんでしたよ。面番所からうちにお医師が来ていると知らされ、紅一位に問い質すと知り合いの医師を呼んだというじゃございませんか。吉原の医師は信が置けねえってんで。うちだって出入りの医師がおります、体面もなにもあったもんじゃございませんが、なにしろ当人が悶え苦しんでいるんです。そんなわけで深川門前仲町のお医師辰巳堂庵先生に診てもらいました」

「深川の先生の診立てはどうだったな」

「石見銀山を食べ物かなにかに塗したようだと。口に入れたのが少量であったので命は助かったと申されました」

石見銀山は石見国大森銀山のことだ。その歴史は古く、十四世紀の初めに始まるといわれる。この石見銀山から掘り出した砒石で製造したのが殺鼠剤だ。江戸時代に団子に塗して鼠の通り道に置かれたりした。この殺鼠剤をも石見銀山と称した。

「それはよかった」

「それがよくねえんで」

「よくねえとはどういうことだ」

「紅一位がうちにいるのは怖い、局見世にでもどこにでも売っぱらってくれとごねるし、朋輩衆も紅一位が私たちをまるで下手人であるかのような目で見るのが堪らないというんで、見世じゅうが険悪な空気なんですよ、商売どころじゃありません」

「旦那の周太郎さんはどう申されておる」

「しばらく遊里の外で養生させるかと弱気になっておられます。なんたって、吉原の習わしに反して深川の門前仲町からそれなりの大金を支払い、移させたんです。旦那にも意地がございましょう」

吉原には、

「御免色里」

の誇りがあった。

江戸幕府が許したただひとつの官許の色里が吉原というわけだ。それを深川の遊里から遊女を金子(きんす)で買ってきて見世に出させたのだ。半籬ならではの芸当で、すべてに格式を重んじる大籬、大見世ではできない業(わざ)だった。この仕掛けが成功するかどうか、他の半籬以下の妓楼は固唾(かたず)を呑んで見守ってきた。

そんな空気に反発するように、紅一位にはたちまち初めての張見世から客が殺到した。深川以来の馴染が駆けつけ、紅一位の、

「吉原出世」

を祝ってくれたのだ。

それでも吉原ではそうそう長く続くわけではないと思っていた。だが、紅一位は京町一丁目の地味な半籬を瞬(またた)く間に模様替えさせた。もちろん客の大半が紅一位目当てで、その様子に吉原雀も、

「おい、紅一位はなんぞ芸があるのかえ」

「深川の鉄火(てっか)女郎だぜ、そんなことがあるものか」

「いや、ただ、鉄火なだけであれだけ客がつくもんじゃない」

「ならばちょいと覗いてみるか」

「お前の馴染が角を出すぜ」

「それもいい」

吉原の客まで取り込んで、紅一位は大丸屋の稼ぎ頭の、

「お職」

に昇りつめていた。

「旦那もねえ、あと二年はこの調子で稼いでもらわねえと深川で払った大金を取り戻せないと申しておられるんで」

「大丸屋の元のお職はだれだったかねえ」

「呼出しの蔦葉でしたがねえ、蔦葉は拗ねるし、紅一位も朋輩らに殺されると訴えるし、どうにも整理がつかないんで」

と桃助がぼやいたところに番小屋の障子戸が開かれ、

「番頭さん、やっぱりこんなところで油を売っておられましたんで、旦那がお呼びですよ」

と大丸屋の遣手のお六が顔を見せた。

「よう分かったな、お六さん」

仙右衛門が訊くと、お六が、

「いたちに会って教えられたんですよ」

と初めて会所の番方に気づいたように目をしょぼつかせた。

桃助が仙右衛門の許しを得るように見た。

「あとで旦那にはおれからも断る。行きねえ、その代わりお六さんをちょいと借りるぜ」

と仙右衛門が厳然と言い切った。

「番頭さんの代わりになんだえ、お調べかえ」

と言いながら、お六が桃助を見た。

「いやさ、紅一位のことだ、お六さん」

とそう言い残した桃助の姿が消えた。

「ふーうっ」

とお六が溜息を吐き、ぺたりと桃助が座っていた上がり框に腰を下ろし、

「長いこと閑古鳥が鳴いていたと思ったらさ、急に大繁盛だ。それがこんどは四月かそこらで元の木阿弥に戻りそうだよ、番方」

「そこんとこが知りたいのさ」

「それが分からないから困っているのさ」

と焦れたようにお六が叫んだ。

「深川の門前仲町から吉原に入り、半籬とはいえ妓楼を四月で立て直す女郎は聞いたこともねえ。それまでお職を張っていた蔦葉たちの反発は並大抵ではなかったろう」

「それだ。まず川向こうから花の吉原に移るなら移るで、それなりの挨拶もあろうもんじゃないかと蔦葉たちは待ち構えていたのさ。だが、この紅一位って女、仲間なんぞの悪口やいたぶりにも平然としたもので、なにごとにも動じないのさ。番方の前だが、そりゃ、女の嫉妬や恨みはかたちになると酷いものさ。それを紅一位ったら、柳に風と受け流し、大したタマだよ、あの女はさ」

幹次郎がお六にも茶を供した。

「汀女先生の旦那に悪いね」

とお六は礼を言った。

幹次郎は頷いてその場を下がった。

「残念ながら、おれはまだ紅一位にお目にかかったことがねえんだ、仲間に嫉妬を起こさせ、客を虜にするほど美形かえ」

お六の口が止まり、小首を傾げた。

「顔は小さいし、化粧栄えがするとはいえない。蔦葉たちが、なんだい、こいつって顔をするのは分かるがさ、深川の町娘の言葉遣いをまるで変えようともしない。私たちもだいぶ酷く躾(しつ)けたがねえ、そのときゃ聞くけどさ、いつの間にか元に戻って、先輩女郎にもなににもため口さ」

「そいつはなかなかの女丈夫(じょじょうふ)だな」

「ところが男がねえ」

「客がすごいそうだな」

「番方、私も長いこと吉原で生きてきた女だ。仲之町で花魁道中する女郎さんは別格にしても、見世でお職に昇りつめる女には、甲羅(こうら)を経たお六を得心させるなにかがあるものなんだよ」

「紅一位にはないか」

「いやさ、なにしろ身丈が五尺五寸（約百六十七センチ）はあろうという大女だ。大女に感じさせないほどしなやかで肌が透き通り、傷ひとつないところは見事だけどねえ」

「となると床(とこ)上手か」

「吉原育ちの女郎なら、姉さん女郎が躾けるからさ、およそのことは分かるがねえ、深川ですでに一人前の女郎を張っていた女だ、どんな具合か分からないのさ」

お六はいよいよ困った顔をした。

「番頭さんの話だと、紅一位が毒を盛られたのは四度だそうだな。最初は二十日前か」

「そう、そんな見当かねぇ。昼見世が始まろうという時分、紅一位が厠に入ったまま吐いている気配だと知らされてさ、私が訊きに行くと戸越しにものにあったようだと言うじゃないか。酷く青い顔をして姿を見せたよ、それでも化粧で顔色を隠して、見世に出て客の相手をした。そんときはそれで終わったさ」

二度目はそれから五、六日後、三度目はさらに三日後、そして、七日ばかり間を置いて四、五日前の大騒ぎが起こったという。

「深川から来たお医師は石見銀山と診立てたそうだな。そいつをなにに混ぜて口に入れられたか、紅一位は、心当たりはないのかえ」

「当人は二度目辺りからどうもなにか盛られているのじゃないかと感じていたようでさ、食べ物飲み物には注意していたというけどね。どうも曖昧なのさ」

しばらく沈黙した仙右衛門が幹次郎を見た。

「お六さん、紅一位はどうしてなさる」

「最前まで七転八倒の苦しみだ、床に臥(ふ)せっているさ」

「話が聞けようか」

「さてどうかな」

と小首を傾げたお六に仙右衛門が、

「この騒ぎがこれで終わるとは思えねえ、旦那にさ、その辺のところを話して、紅一位との面会を取りつけてくれねえか。むろん旦那の話も聞きてえ」

「訊くだけは訊くけどさ」

お六が茶を飲み干して、

「お侍、ご馳走様」

と言い、番小屋の外に出ていった。

仙右衛門と幹次郎は長いこと番小屋で待たされた。番太のいたちが戻ってきて、表をうろうろするのが見えた。

仙右衛門が戸を開き、

「遠慮するねえ、邪魔をしているのはわっしらだ」

と言うと、

「神守様、会所で待ちますかえ」

と幹次郎を促した。

四郎兵衛に報告しながら仙右衛門と幹次郎は待った。だが、大丸屋からなんの知らせもないまま、昼見世が終わり、ついには清掻が気だるくも遊び心を誘い流れる夜見世が始まった。

そして、六つ半（午後七時）、大丸屋の主の周太郎が顔を見せた。

「七代目、遅くなって申し訳ございません。なにしろうちの中は滅茶苦茶だ。なんとかあちらを宥め、こちらに言い訳してかたちをつけるのに手間取ってねえ。こんな刻限になりました」

「で、落ち着きなさったか」

「七代目、金をかけて吉原に呼んだ女郎をみすみす殺されたくはない。そこで一文字屋さんの御寮を借りて紅一位をそちらに移し、しばらく静養させることにしました。うちにいても張見世にも出られませんからね」

一文字屋は揚屋町の大籬だ。

吉原の外に、病に倒れた女郎などを休養させる別宅を設けていた。

会所も妓楼の主が抱えを外に出すことを許した以上、反対する謂れはない。

「そいつは致し方ないが、紅一位が戻ってきたとき、また騒ぎが再燃しませんかねえ」

「七代目、そこだ。なんとか紅一位が吉原を出た間に下手人を捕まえてはくれまいか」

「旦那、大丸屋の身内から縄つきを出すことになるかもしれませんぜ」

仙右衛門が口を挟んだ。

「そいつは致し方ございません。うちは紅一位に賭けたんだ。なんとか、その賭けが当たろうというときに、ぶっ壊されてたまるものかね」

と周太郎は言った。

幹次郎の胸になにかざらざらとした感触が残った。

四

数日、なにごともない日が続いた。

後の月見（陰暦九月十三日）の翌日、大丸屋の番頭の桃助が吉原会所に飛び込んできた。その日、神守幹次郎は偶然にも朝稽古を休み、四つ過ぎに四郎兵衛会所に控えていた。虫の知らせというべきか。

「どうしなすったえ」

番方の仙右衛門がわざとのんびりとした声をかけた。

「金杉村の寮にいるはずの紅一位が姿を消しやがった」

「だれかにかどわかされたと申されるんで」

「そうじゃないよ。番方、紅一位は足抜したんだよ」

「出養生の女郎が足抜したって」

「寮からの知らせはそうなんだよ。番方、一緒してくんな」

仙右衛門が頷き、幹次郎が引き寄せた和泉守藤原兼定を手に立ち上がった。

大門を出た三人は五十間道に土埃を立てながら走り上がり、衣紋坂の見返り柳を左に折れた。

一文字屋の寮は金杉村にあった。

吉原の妓楼のどこもが吉原の外に別宅を構えるわけではない。大見世ならではの余裕で、この寮は、

「蛙釣る女郎の側に薬鍋」

と川柳に詠まれるように、病に倒れた遊女たちが静養する場所、ときには妊娠した太夫が子を産む場にもなった。

だが、出養生や子を産むことを許されたのは花魁など、ごくごく一部の遊女だった。それだけに出養生を許された花魁は新造ふたり禿ふたりを引き連れて、威勢を示した。当然、これらの新造は足抜を用心するための監視役であり、三度三度の食事から小遣いなどすべて諸経費は太夫持ちになった。

だが、大丸屋は大籬ではない。

半籬では威勢を張りたくとも新造や禿を連れていく余裕はない。それに深川の岡場所から移ってきた紅一位には心を許し合う新造も禿もいなかった。そこで大丸屋では雑用をこなすという名目で女衆ふたりを見張り役として一文字屋の寮に送り込んでいた。

三ノ輪の辻を左に折れて、下谷車坂町へと向かい、金杉上町の角を安楽寺へと曲がった。すると東叡山寛永寺境内、通称忍ヶ岡の広大なお山の北側に位置する金杉村に出た。

辺りの視界が急に開け、長閑な景色が展開された。

颪もないのに三人の男の前にはらはらと柿紅葉が舞い落ちてきた。

「番頭どの、紅一位が自らの意思で寮を抜け出たとしよう。廓に戻ってまた毒を盛られるのを恐れてのことか」

幹次郎が訊いた。

「楼でもそうそう簡単に紅一位を信用したってわけじゃございません。その点、従わせた女衆にも厳しく日々の行動を報告するように命じてございました。すると早速寮に移った紅一位がのうのうとして、毒を盛られた名残の痛みも一気に消えた感じだと知らせてきました。旦那も私どもも寮に移り、毒を盛られる心配もなく、気持ちが落ち着いたせいだろうと出養生の効果を最初は喜びましたよ。するとさ、紅一位が楼に戻ってきたとき、また毒を盛る輩が出るかどうかという不安が私どもの頭を過ぎりました」

「奉公人一同を調べなすったか」

仙右衛門が訊いた。

「へえ、番方。女郎から禿三十数人に男衆から女衆、台所の飯炊きまで一堂に集めて、旦那と私がなんでも承知のことがあれば話せ、喋った者に危害を及ぼすような真似は絶対にさせないからと説得しました。だが、一同の集まった場ではだれも口を噤んで話しません。そこで一旦ばらし、なにか報告したい者があれば文でも口頭でもよいから知らせてくれと命じました」

「なんぞ反応がございましたか」

「へえっ、いろいろとございましたがな、一様に紅一位の飲み物食べ物に石見銀山を盛る者を見かけた者もいなければ、そんな怪しい者はいやしないという意見でしてな。吉原の外から引き抜いてきた女郎への風当たりが思いの外強いことに、旦那も私も気づかされましたよ。そんな折り、飯炊きの鉄爺が旦那の前にやってきて、ありゃ、自作自演じゃねえかと言い出したんで。だが、私どもは七転八倒して嘔吐をする紅一位を見ていますから、そんな馬鹿なと思いましたよ。ところが寮に行った紅一位が急に晴れやかになり、寮の内外を元気に歩いていると聞いて、こりゃ、ちとおかしいぞと思った矢先のことなんです、姿を消したのは」

と桃助が報告したとき、流れを敷地内に引き込んだ一文字屋の寮の門前に着いていた。

洒落た門を入ると、広々とした庭に金のかかった母屋と離れが具合よく配置された寮が見えた。なんとなく艶かしいのは遊女たちの出養生の家だからか。

大きな白犬が表口に繋がれていた。老犬と見えて、風采がどことなくおっとりとしていた。

「おみの、おしげ」

と桃助が呼ぶと表口に若い女が飛び出してきた。

「おしげ、やっぱり紅一位は戻らないか」

田舎丸出しの風情の娘が首を横に振った。

ただ今、一文字屋の抱え女郎の出養生はないらしく、広い母屋はがらんとしていた。三人は紅一位が過ごしていた離れ屋に通された。

離れ屋の広い廊下におみのと思える中年女が悄然としていた。廊下の端にきりぎりすが入った虫籠が置かれてあった。秋の夜長、出養生の紅一位は虫の声を聞いていたのか。

「おみの、事情を話せ」

と番頭の桃助が厳しく命じた。

「番頭さん、すいません。つい油断した私らが悪うございました」

「そんな詫びはあとでいい。まずいなくなった経緯を話しなされ」

桃助が幾分語調を和らげて言った。

「いえ、朝起きた紅一位様が犬の散歩がしたいと申されて、しろを連れて庭の中を歩いておられたんで。しろは紅一位様に慣れていましたし、紅一位様が元気になったのもしろのお陰なんです」

「どういうことです」

「紅一位様があれほど犬好きとは思いもしませんでした。ともかくこの寮に寄せてもらった日から、しろしろと可愛がられて、しろと遊んでいるうちに見る見る元気になっていかれましたんで。昨日辺りから寮の中や、この近くをしろを連れて散歩されるまでに回復なされたんです」

「それで今朝も、しろを散歩させたんだな」

「はい」

仙右衛門の問いにおみのが返事をして、語を継いだ。

「しろと散歩をなされていたのは明け六つ（午前六時）の頃合と思います。寝巻きの上に綿入れを羽織った恰好で、とても遠くに行かれる姿ではございません。私たちも起きておりましたし、庭先をうろうろされているだけですから、おしげも私も安心して、夜具の片づけなんぞをしながら、その様子を見ておりました」

「それからどうした」

桃助が先を急かした。

「ふと気づくと紅一位様の姿が見えません。おしげに見に行かせますと枝折戸も表門も開いていたそうです。おしげの知らせに慌てて、私も外に出ました。あちらこちら紅一位様の姿を求めて探し回りました。だって遠くに行ける恰好じゃなかったんです、番頭さん」

とおみのはふたたび言い訳した。

「先を話せ」

「円光寺と西蔵院の間の曲がりくねった道を抜けた辺りに、寮から流れてくる小川がございます、その橋の欄干にしろが引き綱で結ばれて、見つかったんです。犬がひとりで綱を結べるわけもなし、入水するには浅い流れです。しろを連れて、もう一度探し回ったあと、ひょっとしたら、寮に先にお戻りかと帰ってみたんですが、やはり姿がございません。それで意を決して使いを走らせたんです」

「なんてこった」

と唸った桃助は念を押した。

「紅一位は足抜したか」

「番頭さん、しろを繋いだのが紅一位様ならそうかもしれません」

おみのが答えた。

桃助が助けを求めるように仙右衛門らを見た。

「ここに移って五日目か。その間にだれぞ紅一位を訪ねてきた者とか、文があった様子はないか」

「旦那にも女将さんにも番頭さんにもくれぐれも見知らぬ者には会わせてはならないと念押しされておりましたんで、それは厳しく見張っていました。だれも訪ねてきた者はありません」

なんの拍子にか、きりぎりすが鳴いた。

「文も届いていないな」

おみのが顔を振った。

「だれかの手引きがなけりゃあ、この足抜はできっこねえ。楼の中で打ち合わせが済んでいたか」

「すると紅一位は飯炊きの鉄爺が言うように、自作自演の狂言ですか」

「番頭さん、まずそう考えたほうが筋道は通る」

「なんてこった」

仙右衛門が幹次郎を見た。

「今朝、犬の散歩に庭に出たと言いなされたが、初めてか」

「いえ、これまでも寮の近くを二度ほど。番頭さん、そのときは私か、おしげが一緒でした」

と桃助に言い訳した。

「その散策の途次、だれぞと紅一位が話したことはないか」

ふたりの女が考えた末に、おしげの目が虫籠にいった。

「昨日の夕暮れ、季節外れの若い虫売りと出くわしました。そのとき、紅一位様が呼び止めてきりぎりすを買い求めたのです、でも、お金を持っていなくて、虫売りを寮の門まで連れてきました」

虫売りは陰暦六月初めから七月の盆前の季節商いだ。盆に飼っている虫を放つ習わしがあって、盆のあとにはまず姿を見せない。

江戸府中を売り歩く虫売りは、季節商いとはいえ本業で、蛍、松虫、轡虫、玉虫、蜩と商われる種類も多く、虫籠も扇形やら船の形をしたものやらとなかなか凝っていた。

だが、江戸近在ではきりぎりすや轡虫を捕らえて、粗末な籠に入れて晩秋のころまで売りに来る者もいた。どうやら籠の様子からしてそのような虫売りのようだ。

「おしげさん、その虫売りが紅一位になんぞ渡したり、話しかけたりしたことはないか」

おしげは即座に首を横に振ったが、直ぐに止まった。

「なんぞ思い出したか」

「お侍さん、虫売りを門前に連れてきた紅一位様が、私に財布を持ってきてと命じられました。そのとき、門前にわずかな時間ですが、紅一位様と虫売りふたりだけが残されました」

「若いと言いなされたが、いくつぐらいだな」

「二十歳前か、そんな見当でした。背がやたらと高く、顔は頬被りしていたんでよく見えませんでした」

幹次郎は仙右衛門に頷いた。

「どうやらそやつが足抜を助けた野郎らしいな」

「番方」

と番頭の桃助が悲鳴のような声を上げた。

「番頭さん、大丸屋は深川門前仲町の梅村から、一体全体いくらで紅一位を買い取りなすったんで」

「二百三十両と聞いております」

「深川の遊女にしては破格だな」

「それだけ紅一位には客がついていたということですよ」

「二百三十両は梅村に払ったんだな」

「紅一位の親父がねえ、横川の船問屋の主だったそうだが、積荷を載せた船が難破して商いをしくじったとか、その借財のために紅一位は梅村に身を落としてかなりの借金があったんですよ。梅村は、うちが紅一位を買ったんで元手は回収したが、うちはまだその大半が残っていまさあ」

「客がついていたなら借財の減りも早かったかえ」

「会所の番方とも思えませんね。すべた女郎の深川と吉原は格が違います、遊里に入れば、衣装から夜具まで一式買い揃えねばなりますまい。その借財もかさんで二百三十両より増えてますよ。少々客がついたくらいでは、まだ借財を戻すまではいっていませんよ」

「吉原に身売りされれば、深川の借財はなくなる。だが、吉原で七、八年の年季奉公が残っていた」

「そこまで奉公してくれれば、三百両やそこいらはちゃらになりましょうな」

「だが、紅一位は石見銀山を服んでまで吉原の外に出たがり、寮の出養生を利用して足抜した。こいつは番頭さん、深川から吉原に引き移る以前から考え抜かれた企てだぜ」

仙右衛門と幹次郎は廊下から立ち上がった。

深川には大新地、古石場、新石場、櫓下、横櫓、佃島、御船蔵前町といろいろ岡場所があったが、深川第一の賑わいは仲町に尽きた。

吉原の杓子定規な仕来たりの遊びに飽きた大名家の留守居役や大店の旦那衆が、隠れ遊びをするところとして知られていた。

遊廓は山本、尾花屋、相模屋、難波屋、西宮などあり、紅一位のいた梅村も客筋がいいことで名の通った見世だった。

仙右衛門と幹次郎のふたりは日本堤（土手八丁）を戻り、吉原にも立ち寄らず、会所の御用船が舫ってある今戸橋際の船宿牡丹屋に走った。そこで牡丹屋に会所宛の言づけを残すと、老練な船頭政吉の櫓で隅田川（大川）を一気に下り、深川富岡八幡宮の船着場に船を泊め、ふたりは梅村へと駆けつけた。

深川の岡場所も吉原とは当然繋がりがあった。

梅村の番頭の総左衛門と仙右衛門の間に面識はないが、互いに協力し合えるところでは手を握るのがこの商いの習わしだった。

話を聞いた総左衛門は、

「おつがそんなことを」

と絶句し、困惑の表情を見せた。

紅一位は梅村時代、つがと名乗っていたか。

「番頭さん、時間がねえ、すでに高飛びしているかもしれねえ。単刀直入に訊こう、虫売りの歳恰好の者に心当たりはねえか。おつがの間夫とすると符節は合う」

その風貌と歳恰好を聞いて総左衛門はしばし瞑目した。

「番頭さん」

「番方、おつがは土地っ子だ。うちでもよく働いてくれた上に吉原に引き抜かれてお職に昇りつめたというじゃないか、恩義もある。だが、御免色里の会所に楯突いて得はねえ」

迷う風情を見せた。そして、肚を決めたように言った。

「番方、おつがが足抜した裏にうちの見世が糸を引いているなんぞと勘繰られたら、梅村の名に傷がつく」

「話してくれるか」

仙右衛門がほっとしたように言った。

「その虫売り、間夫じゃねえ。おつがの弟の新八だ。親父は何代も続く船問屋の肥前屋の主だ。新八がその跡目を継ぐはずだったが、一年半前の難破騒ぎで莫大な借金を抱え、娘のおつがはうちに身を投じたのだが、未だ借財はあちらこちらに残っていよう、もう深川で再起はできまい。新八は今、弁才船に乗っているよ」

「水夫か」

と答えた仙右衛門が、

「深川生まれといったな、吉原を足抜してもおつがはこの土地じゃあ暮らせめえ。わっしらの眼が光っているからな。それに借財が残っているとすると他国に逃げても苦労するだけだ」

「肥前屋という屋号の船問屋だ、肥前長崎と商いが多くてねえ」

「長崎に逃げると言うか。出女は厳しいぜ」

番方の問いに曖昧に頷いた総左衛門が、

「番方、梅村から大丸屋におつがいくらで身売りされたか知っていなさるか」

「二百三十両と聞いてきたばかりだ」

「その通りだ。だが、うちの借財は百二十五両ほどでねえ、百両余りが肥前屋に渡ったんだ。今考えるとその金子がこたびの足抜の資金になったんじゃないかねえ」

「なあるほど」

「医師の辰巳堂庵はおつがの客のひとりだ。ひょっとしたら、足抜騒ぎに一枚嚙んでいるかもしれないな」

うーむ
と仙右衛門が唸り、

「小娘め、阿漕にも吉原を嘗めくさったな」

と言い放った。

「番頭どの、ちとお尋ねしたい。なぜおつがに深川で上客がつき、吉原までも乗り込んで応援してくれるのであろうかな」

幹次郎が訊いた。

「お侍さんが会所の裏同心だね」

と総左衛門が反対に問うた。

幹次郎が頷くと、

「深川って土地は生まれたころからだれもが馴染だ。肥前屋のおつがちゃんも祭り半纏を着て駆け回り、人気者だったひとりだ。そいつが親父の商いが左前になり、身上を潰した。普通なら夜逃げでも一家でしようというところ、自らこの土地の岡場所に身を投じて借財の返済に充てた。土地の男衆はまずその心意気を買ったのさ。だがな、おつがはそれだけではなかった。あれは天性の遊女かもしれねえ、揚がった客のだれもが、ぼおっとして座敷を出てくるんだ。床に入った瞬間から男を満足させるためにどんなことでもするんだ、吉原に行ってもおつがは同じ生き方を通したろうよ。番方の前だが、吉原は万事、習わしに厳しい商いだからね、だが、おつがは初会からあらゆる手練手管を使い、客をめろめろにしたはずだぜ」

と答えた。

「そいつもこいつも吉原からの足抜を考えてのことかねえ」

「さあてねえ」

仙右衛門が、

「東海道を行ったか、中山道に回ったか」

と自問した。

「番方、うちもこの一件じゃあ寝覚めが悪いや。喋ろう」

「なにを」

「肥前屋が船問屋だったということさ。そして、新八が水夫だ」

「船か」

「まずそう見たねえ。四つ過ぎに佃島の湊から長崎行きの船が出た。新八が水夫で乗り組んだ筑前福岡の玄海丸だ。番方、一歩遅かったよ、新八がおつがを連れて、船に乗り組み、西海道に旅立ちだ。こうなると吉原も手が出まい」

総左衛門が小鼻を動かし、どこか得意げに仙右衛門を見た。

翌未明、七人の漕ぎ手が櫓を揃えて漕ぐ押送船が、江戸の内海の金沢八景の入り江へと静かに進入していた。すると江戸にも名勝で知られた入り江の景観が墨絵ぼかしに見え始め、入り組んだ景色に一艘の弁才船が帆を休めていた。

「番方、どうやら間に合ったな」

深川仲町の女郎屋梅村を出た仙右衛門は、玄海丸を受け入れる回船問屋が鉄砲

洲の五郎次屋と知るとそこへ御用船を向かわせた。そして、五郎次屋で玄海丸の今宵の寄港地が、

「金沢街道の金沢八景の入り江と聞いておりますよ。なにしろ帆を上げたのが四つの刻限だ。まあ、そんなとこかねえ」

と教えられた。

仙右衛門は続いて老船頭の政吉に、

「父つぁん、日本橋に行ってくんな」

と命じたものだ。

仙右衛門と幹次郎のふたりは、日本橋の魚河岸で政吉の御用船を下りた。政吉には会所への言づけを頼み、その後、相模灘や木更津沖の漁場から一気に鮮魚を運んでくる早船を探し歩いた。うまいことに地引河岸に鎌倉から来た押送船を見つけ、一人頭の日当三両、その上、吉原の半籬で一夜豪遊の約束で漕ぎ手たちと船を雇った。

出船の仕度が整ったのが夕暮れだ。政吉のご注進で会所から若い衆の長吉と宗吉のふたりが駆けつけ、軍資金が仙右衛門に渡された。船頭たちに日当が前払いされ、押送船が日本橋川から大川を下り、江戸内海を

横切っての金沢八景への夜船が敢行された。

「番方、やっぱりあの船が玄海丸だぜ」

長吉が月明かりに玄海丸を認めて告げた。

弁才船は出船の仕度を始めていた。

碇を上げられ、外海に出られたら、櫓漕ぎの押送船では追走できない。

静かに押送船が玄海丸の艫から接近し、舷側にぴたりと着けた。

「船頭さん、ご苦労だったな。今宵の疲れは吉原に戻ってお返しするぜ」

と言い残した仙右衛門が玄海丸の舷側から垂れていた縄梯子を軽々と伝い、船へと乗り込み、三人があとに続いた。

「おまえさん方はだれだね」

野太い声が艫櫓から響いた。

「船頭さんかえ」

「おお、わしが船頭の大五郎たい」

「わっしらは江戸吉原会所の者だ。水夫に新八という若い衆が乗り組んでいような」

船頭が返事に迷った。

「船頭さん、御免色里の遊里にはいろいろな決まりごとがあるがな、一番質の悪い行状がなにか知っていなさるか。借財と年季を残した女郎が足抜するのは絶対に許されないことなのさ。こういえば心当たりもあろう。黙って新八と姉のおつが、吉原じゃあ、紅一位を名乗っていた女のふたりを渡してもらおうか」

「そんな女は……」

と言いかける船頭に、

「乗ってねえというのかえ。手形もねえ、足抜女郎を船に乗せた罪は大きいぜ。黙って渡せば、おめえらの所業は見逃してやろうか」

仙右衛門の声が響き渡り、甲板にぞろぞろと水夫らが銛や手刀を手に姿を見せた。

「おれたちが四人と見て、始末しようというのかえ。やめておきねえ、おまえらの所業は会所も町奉行所も承知なんだぜ。わっしの口ひとつでおめえらはこれから江戸に立ち入れないぜ」

と静かに言い切った。

水夫の中から長身の若者が銛を構えて仙右衛門に迫った。

「てめえが肥前屋の新八か。黙って姉ちゃんを出しねえ」

そのとき、水夫らの背後に楚々とした女が立った。

「新八、有難うよ。もういいよ、一か八か勝負をしてみたが、さいころの転がりが悪かったのさ」

「姉ちゃん！」

と叫んだ新八が銛を仙右衛門の胸に突き立てようとした。

神守幹次郎がするすると新八の前に立ち塞がり、腰の和泉守藤原兼定の柄に手が掛かり、眼志流居合の秘剣、

「浪返し」

が、すぱっと使われた瞬間、銛の柄がふたつに切れ飛んで、新八は呆然と立ち竦んだ。

しばし船上に沈黙が流れた。

幹次郎が、
ぱちん
と音を響かせて刀を仕舞った。

「番方、手間をかけさせましたねえ」

と紅一位の口から諦めの言葉が吐かれた。

第二章　染井観菊

一

四郎兵衛会所の奥座敷に京町一丁目の半籬大丸屋周太郎、番頭の桃助、さらには深川門前仲町の遊女屋梅村平蔵、番頭の総左衛門が顔を揃え、次の間に観念した様子の紅一位が青い顔で控えていた。

吉原に連れ戻された紅一位は足抜に至る取り調べを受けたあと、吉原の吹き溜まり、最下級の女郎が春を鬻ぐ羅生門河岸の、老いた女郎らが必死で客を引く声がする局見世で一晩過ごさせられていた。

一夜とはいえ、紅一位に強い衝撃を与えていた。

座敷とは離れた板の間の柱には新八が後ろ手に縛られて繋がれていた。その傍らに黙然と幹次郎が座していた。

四郎兵衛が一座の者を見回し、

「事情は説明するまでもありますまい。大丸屋さんが梅村さんから買い請けして吉原に移った紅一位ことおつがが、ひとりで考え抜いた足抜の策だと強情に言い張るのでねえ、私もそれを信用して今後の対策を立てたいと皆さんにお集まり願ったんですよ。深川生まれのおつがは父親の商いがうまくいっていれば、船問屋のお嬢さんで蝶よ花よの贅沢な暮らしでいられたかもしれない。だが、商いが左前になり、門前仲町の梅村さんに身を投じた。梅村では誠心誠意勤めてたちまち稼ぎ頭になったそうな。だが、女郎が身ひとつで稼ぐ金にはかぎりがあります。そうそう簡単に年季が明けないことを知ったおつがのもとに朗報が飛び込んだ。吉原の大丸屋さんがおつがを吉原で改めて売り出したいという話だ。この話を梅村の平蔵さんから聞かされ、一計を案じたというのですよ。生まれ育った深川で知り合いの男たちに身を売って生きていけても、裏切ることはできないとおつがは考えたそうな。その点、川向こうの吉原なら、地縁はない。天下御免の色里を騙して、足抜しようと考え出された策がこたびの騒ぎの発端だ。一方、大丸屋はおつがの女郎としての客あしらいの上手を見抜いて、二百三十両という大金を投じられた。おつがは梅村に身を投じたときの借財百二十五両を梅村に返して、百両余りを手にしたことになる。こいつがこたびの足抜の軍資金だ。仲間は弟の新八と、石見銀山を渡し、飲む量なんぞを指南した梅村時代の客のひとり、医師の辰巳堂庵のふたりだ。堂庵には指南料として二十五両が支払われておりました」

ふーうっ

と梅村の主の平蔵が息を吐いた。

「吉原に移ったおつがは年季が明けるまで働く気はなかった。深川と違い、なんの恩義もない色里を騙すのに躊躇（ためら）いはなかったそうな。吉原も甘くみられたもんですよ」

と四郎兵衛が吐き捨てた。

「肥前長崎に逃げて、新たに暮らしを立て直そうと考えたそうだが、世間様はそう甘くありません。金沢八景までたった一夜の夢に終わった」

「なんとしてもようございました、七代目」

総左衛門が苦々しく言った。頷いた四郎兵衛が、

「このような場合、吉原の習わしでは、連れ戻された女郎は死ぬまで楼で働き詰めに働かされる、年季奉公が明ける二十七歳なんてお構いなしだ。表見世で客が

つかなくなれば局見世に身を落として罪を償うのが習わしだ」

本論に入った四郎兵衛の言葉に一座は頷く者もいない、ただ、重い沈黙だけが支配していた。

「深川から吉原に移ってきてたちまちお職に昇りつめた紅一位がこたびの騒ぎで戻る楼がない。というのも紅一位と一緒に働くのは嫌だと大丸屋の仲間女郎、新造、禿の一致した意見だそうだ、これではいくらなんでも大丸屋では働きにくい。なにかといってこれだけのことをしのけた女郎を引き取る妓楼は廓内にはない。なにしろ大丸屋が梅村に払った金子が二百三十両、それに吉原での身仕度に八十七両二分、この四月で稼いだ揚げ代を差し引いても三百余両が、あの紅一位の身に重く圧し掛かっているんだ」

と説明した四郎兵衛が、

「梅村の主どの」

「へ、へえっ」

と平蔵が緊張して答えた。

「おまえ様は、女郎を吉原に売っただけで、なんの罪咎もないと思われているかもしれない」

「いえ、そんなことは考えて……」

「ないと仰るか」

「おつが吉原に後ろ足で泥を掛ける真似を、深川を出るときから考えていたとしたら、私たちにも責任の一端はございます」

きっぱりとした平蔵の返答だ。

「よう言いなさった。ならば相談がございます」

「頭取、私どもで受けられる相談かどうか、忌憚のないところを聞かせてくださ い」

うーむ
と頷いた四郎兵衛が、

「三百両を棒に振って、局見世で身を粉にして客を取らせる手を大丸屋も考えなかったわけじゃない。だが、あの若さでこの世の地獄に落とすこともあるまいと考え直されてねえ、周太郎旦那の温情だよ。梅村の旦那、どうだえ、あの女を深川に引き取ってはくれまいか。そいつが女を生かすただひとつの道と思えるんだがね」

平蔵が頷いたあと、瞑目し、考え込んだ。それに代わって番頭の総左衛門が、

「頭取、深川の商いはこの吉原とは違います。おつがただ今背負う三百両を身請け料にどうだ、支払えと申されてもそれは無理な話にございます」

と必死で抵抗した。

「番頭さん、そう先回りをしないでくださいよ。あの女の行方を追う折り、そなたに会所の番方が世話になったそうな。だから、紅一位を取り戻せたともいえる。礼を申しますよ」

四郎兵衛の傍らにひっそりと控えていた番方の仙右衛門が袱紗包みを差し出した。

「ここに五十両ある。この金子はおつがの自作自演の毒盛り騒ぎに知恵をつけた医師、辰巳堂庵からうちの連中が町奉行所に訴えない代わりにと倍返しでふんだくってきた金子だ。梅村さん、紅一位の買い戻し料百五十両を出す気はないか、何年か、根気よく働かすことができればこのくらい取り返せよう。一方、大丸屋には三百両の借財、五十両と百五十両を合わせ、二百両で我慢してもらおう」

四郎兵衛が最後の提案をした。

「頭取、有難くお受けします」

吟味していた平蔵が自ら納得させるように頭を振り、応じた。

「大丸屋、そちらはどうだえ」

「七代目、いい勉強をさせてもらったよ。紅一位がうちの楼に来たことで、他の女郎があぁも張り合ったり、反感を持ったりするとは考えもしなかった。うちも、よそ様が育てた稼ぎ頭を金で買ってきて米櫃を潤そうなんて考えないで、地道に最初から立て直すよ、そのためにその二百両を使わせてもらう」

「よし、手打ちがなった」

と首肯した四郎兵衛の視線が隣座敷に控える紅一位に向けられた。

「名はおつがというそうだな。おまえが義理のないと思った吉原にも人が住み暮らす極楽もあれば地獄もある。大丸屋でたちまちお職に昇りつめたおまえだ、今の暮らしを大事にして過ごせば、春も廻ってきたものを、小賢しいことを考え過ぎたな」

「頭取、愚かでございました」

「深川に戻ったら二度と間違いは繰り返せませんよ」

「はい」

「おまえが一夜見た羅生門河岸では、女たちが一ト切百文で身を売って生きておるのです。梅村に戻ったら、客大事、主大事、朋輩衆大事と肝に銘じ、働きなされ。それが梅村の旦那に報いるおまえのただひとつの罪滅ぼしです」

「お言葉胸に染みてございます」

「そなたが吉原京町一丁目の半籬大丸屋の抱えであった事実は会所で消し去ります。紅一位なる遊女は、吉原には一夜たりともおらなかった」

四郎兵衛が官許の遊里に存在する女郎人別からその名を抹消することを宣告した。

紅一位からおつがに戻った女が頭を畳に擦りつけた。

幹次郎は板の間で奥座敷から漏れてくる裁きの様子に耳を傾けていたが、立ち上がると脇差を抜き、新八の縄目を切った。

新八が呆然として幹次郎を見上げた。

「姉思いの気持ちも分からぬではないが、事の是非を履き違えぬことだ」

そこに梅村平蔵と総左衛門に連れられたおつがが姿を見せた。

「姉ちゃん」

「新八、嫌な思いをさせたねえ」

深川の一行四人を見送りに、仙右衛門らが大門まで出た。

板の間に四郎兵衛と大丸屋周太郎と番頭の桃助の主従が出てきて、

「神守様、ご苦労にございましたな」

「一件落着ですか」

「そうなりますか」

と四郎兵衛が答えた。土間に下りた周太郎が四郎兵衛を振り向き、

「七代目、おつがという女、吉原でもう少し辛抱できれば本物のお職になりましたよ」

とぼやいた。

「大丸屋、素人上がりのおつががそなたの見世でお職にたちまち昇りつめた秘密はなんですねえ」

「気になりますか、七代目」

「吉原会所を預かる身だ、気になりますとも」

「おつがは客のあしらいをだれに教わったというわけではないらしい。ですが、どんな客をも羽化登仙（うかとうせん）の気持ちにさせる技を持った女だったようです」

「だから、そこですよ。私が知りたいのは」

吉原が明暦（めいれき）の大火のあと、吉原田圃に移されて百何十年の歳月が流れ、新吉原と呼ばれた地も段々と官許の色里の風格を備えて、どこか横柄（おうへい）な商いになってい

た。そのことが所々方々に岡場所を生ませる理由のひとつにもなっていた。

吉原会所を預かる四郎兵衛はそのことを気にしていたのだ。

「七代目、私も何人かの客にその様子を訊きました」

と口を挟んだのは桃助だ。

「ほう、それで」

「訊いた人間一人ひとりの返答が違ってました。考えてみれば男が百人いるとすれば百人、女郎に望むことや床での好みも違いましょう。紅一位は男がなにを求めているか、たちまち見抜く才を持ち合わせていたようです。その本能ともいえる才に従い、男に尽くしただけなんです」

「番頭さん、私どもは御免色里を大看板に、ちと図に乗りすぎていたかもしれませんね。たしかに吉原では初会では花魁の傍にも寄れず、口も利いてもらえず引付座敷で追い返される。二度目に裏を返して、ようやく少し近寄れて、三回目で馴染になることができる。これはこれで吉原の遊びの面白いところかもしれません」

「お大尽遊びですね。七代目、客のすべてがそんな駆け引きを楽しみに来ているわけではございません。客は、女郎の肌に古女房には感じられないなにか刺激とか安息を求めて通ってきているんです、焦らすばかりが能ではないかもしれませんな。それを忘れて、うちのような半籬も大見世の真似をしていた。そいつをおつがあっさりと覆(くつがえ)してしまったんだ」

と桃助に代わって周太郎が言い、四郎兵衛が頷いた。

大丸屋の主従が、

「お世話になりました」

とどこかほっとした背中を見せて、会所から出ていった。

「吉原というところ、奥が深うございますな」

「世間には男と女しかおりませぬ。その男と女の欲と情がぶつかり合うところがこの吉原と思うてきました。それだけに粋、見栄、張りと諸々の舞台を整え、道具立てを設けて女郎を着飾らせ、遊女にも客にも仕来たりを強(し)いてきましたがな、どうやら、時世の変わり目に差しかかり、世間様より大きな変化を求められているのかもしれませんな」

と四郎兵衛が言い残し、奥へと消えた。

この日、幹次郎は昼見世の終わったあと、馬喰町(ばくろちょう)の、

「一膳めし酒肴」の幟を揚げる煮売酒場をふらりと訪ねてみた。すると運がよいことに目当ての人、身代わりの左吉がいて、定席で酒を呑んでいた。

幹次郎の顔色を読んだ左吉が、

「稽古帰りではなさそうだ」

と卓の上を片づけ、小僧に新しい酒と杯を命じると、自分が呑んでいた杯を幹次郎に差し出し、

「まずは一杯喉を潤してくださいな」

と酒を注いでくれた。

「頂戴致す」

「津島傳兵衛様の道場に風変わりな道場破りが来たそうですね」

江戸の裏社会に通じた左吉が笑みを浮かべたまま言った。

「ご存じでしたか」

幹次郎は左吉に、人を襲うように訓練された猿を従えた三人の武芸者のことを告げた。

「巷の噂を聞いたとき、直ぐに神守様の顔を思い出しましたよ。やっぱり神守

様が相手なされましたか」

「全くのお節介です」

「いや、そのような異風の道場破り、畳水練の門弟では太刀打ちできませんかな」

「津島道場には多彩な芸達者がおられる」

左吉が薄く笑みを浮かべた顔を横に振り、

「己の道場も芸達者ばかりと考えたところがございましてな、奴らと立ち合った。麹町界隈の町道場ではあの三人組に門弟らが大怪我を負わされ、死人が出た」

そうあっても不思議はないと幹次郎は考えた。

小僧が熱燗の酒と杯を運んできて、互いに酒を注ぎ合った。

「私の知るところでは、麹町十一丁目で小野派一刀流の看板を掲げる白鳥永正道場を猿を連れた三人組が訪れ、師範が肩を砕かれ、道場主の白鳥様が猿を肩に乗せた傀儡子と立ち合い、猿に目潰しを食らわされ、その隙に傀儡子の鎖鎌で喉首を掻き斬られて死んだとか。その他にも何軒かの道場に出没したと聞いております。おそらく白鳥道場のことがあったので、立ち合わずして何がしかの金銭を包み、お引き取り願ったのでしょうな。ただ今、江戸じゅうの町道場は戦々恐々としているという話です」

「猿を連れた三人組が白鳥道場に現われたのは、いつのことです」

「白鳥道場はたしか三日前のことです。つまりは神守様が猿を打ち殺したあとのことだ」

「あの者たち、猿を何匹も連れておるのであろうか」

「おそらくそうでしょう。調べてみますか」

「左吉どのは忙しくはないか」

「格別動かなくても、派手な三人組の動きくらい摑めます」

「願おう」

と幹次郎は頼んだ。

津島道場で手痛い敗北を喫した三人組が、あのまま引き下がるとは考えられなかったからだ。

「本日はこれが御用で」

と左吉が問うた。

「いえ、なにか無性に左吉どのと話がしたくてな」

「吉原でなにかございましたか」

「女郎がひとりで吉原を掻き回して深川に戻りました」

と前置きしておつがの足抜未遂事件を語った。

杯の酒を嘗めながら話を聞いていた左吉が、

「七代目の心労が目に見えますな。吉原は御免色里の看板に胡坐を掻き過ぎました。あれは駄目、これは駄目、仕来たりゆえああだ、こうだと考え過ぎて、自縄自縛に陥りましたな」

と左吉も七代目と同じ感想を述べた。

「左吉どの、吉原はどうすれば蘇りますな」

「これだけ格式だ、仕来たりだと能書きを垂れてきたんだ。そう簡単な特効薬はございますまい」

「ございませんか」

左吉はしばらく考えていたが、

「火事かねえ」

と呟いた。

「神守様が会所の用心棒になられて、未だ火事はございませんな」

「ありません」

「昔から吉原の焼けぶとりと申しましてな、吉原が火事に見舞われると景気がよくなるんですよ」

「それはまたどうしたことで」

「吉原が焼失しますと妓楼は浅草、本所、深川界隈の料理茶屋などを借り受け、仮宅見世で商い致します。となると吉原の仕来たりを守れなくなる、そこでさ、吉原では重んじられていた決まりごとを一切取っ払い、男と女、床入りを重視して、割安の代金で商いを続けるんで。そうするとね、これまでふんぞり返っていた遊女が直ぐに自分の腕の中に飛び込んできてくれるってんで、仮宅商いは大繁盛だ。仮宅三百日、五百日の間に再建のための普請代を稼ぐ楼もございます」

「そんなことがありますので」

「おつがは吉原にあっても仕来たりに囚われず仮宅商いのままに客に接した。これが受けたんですよ、吉原が見習うのはそこいらかねえ」

幹次郎に理解はついた。だが、いざ、それを実行に移すことが可能かどうか、想像もつかなかった。

二

神無月に入ったこの日、神守幹次郎と汀女は会所から休みをもらった。

夫婦で吉原のために陰働きするふたりに、決まった休みがあるわけではない。

だが、年の瀬に向かい、酉の市、師走と忙しくなる前に、

「偶には夫婦揃って骨休めしなせえ」

と七代目の四郎兵衛から許しを得たのだ。

夕暮れ、長屋に戻った幹次郎は汀女に、

「姉様、どこぞ訪ねたき名所はないか」

と訊いてみた。すると汀女が夕餉の仕度の手を休めてしばらく考えていたが、

「菊さいて　けふまでの世話　わすれけり」

と呟いた。

「菊見か、それもよかろう」

だが、汀女の呟いた句がだれの作か、分からなかった。

汀女は歌道俳諧の道に若い時代から親しんできて、その前途を師にも嘱望さ

れていた。が、幼馴染の幹次郎に誘われて豊後岡藩から駆け落ちするとき、好きな道を断った。それが借金のかたに身売り同然の婚姻を迫られたとはいえ、相手を裏切ったのに対する償いと考えたのだ。

以来、他人の指導をしても自ら詠むことはなかった。

汀女は長屋の片隅で菊を幾鉢か育てていた。それだけにその五七五が自然に口を衝いたかと幹次郎は考えてみた。

「姉様、だれの句か」

ふと我に戻った汀女が、

「幹どの、素園先生のものですよ」

と笑みを浮かべた顔を幹次郎に向けた。

「素園先生」

幹次郎はそれがだれか分からなかった。

「幹どの、われら、追っ手を逃れて加賀国に逗留しましたな。彼の地に関わりが深い俳人が亡くなられて、早十余年の歳月が流れました」

「おお、素園とは千代様の俳号でしたか」

「いかにも加賀の千代様のことにございます」

千代は加賀国に生まれ、十二歳のころから俳諧を志し、十六、七歳で加賀一円に神童の名を恣に轟かせていた。

宝暦四年（一七五四）、五十二歳で剃髪した千代は素園と号した。没年は安永四年（一七七五）九月八日のことだ。

幹次郎と汀女が汀女の夫らの討ち手の追跡を逃れんと加賀国に滞在したのは没後直ぐのことだった。

「江戸の菊見なれば向島の菊水園か、染井かのう」

と幹次郎が迷い、汀女が、

「船で川を渡るのもようございますが、偶には歩いて染井巣鴨界隈に足を延ばすのも面白いかもしれませんね」

と答えた。

そもそも菊の栽培の技は水戸光圀に招かれた朱舜水が明から伝えたものだといわれ、宝暦年間（一七五一〜六四）ごろから急速に広まっていた。

染井巣鴨が菊見の名所に数えられるのは植木屋がたくさん集まっていたからだ。菊水園もその一軒だ。

「幹どの、染井に参りますか」

「よかろう、今晩は早寝して明日は七つ（午前四時）立ちじゃな」

と幹次郎が決定した。

夕餉のとき、葱ぬたで一杯呑んだ幹次郎は早寝した。

一方、汀女は急に決まった行楽にいそいそと仕度をして、神守家の灯りが消えたのは四つ（午後十時）前のことだった。

翌朝、まだ暗いうちに神守幹次郎と汀女は長屋を出た。

幹次郎の手には小田原提灯があり、汀女は寒さ避けの道行衣を羽織り、手に竹杖を持って日本堤を三ノ輪へと向かった。

七つの頃合だ、吉原からお店に急いで戻る番頭風の男が駕籠を飛ばし、仲間と連れ立った職人衆が土手八丁を今戸橋に向かって急いでいた。

染井に行くには三ノ輪の辻を突っ切り、金杉村から谷中本村、新堀村、田端村へと真っ直ぐに西に向かうことになる。

幹次郎の提灯が要らなくなったのは田端村辺りだ。すると朝靄の田園風景が白く浮かび、

「ああ」

と汀女が嘆声を漏らしたほど、幻想的な景色がふたりの視界に広がった。

「幹どの、この光景に接しただけで吉原を離れた甲斐がございましたよ」

吉原会所から十分な手当てをいただき、ふたりになんの不如意もなかった。だが、幹次郎と汀女が奉公を務める相手は、全盛を極める花魁から局見世に春を鬻ぐ老いた遊女たちだ。太夫と呼ばれる花魁衆になれば大身旗本を、

「わちきは嫌でござんす」

と袖にする気概は持っていても、所詮は鉄漿溝と高塀に囲まれた吉原という、

「籠」

から逃れられない身であった。それだけに汀女は気を遣って遊女たちに接してきたのだ。

ふたりは朝靄が日の出とともに薄れゆく中、駒込村に入り、駒込道中の追分に出た。

その時分にはすっかり夜は明けて、辻に二、三軒、朝飯を食べさせる店が開いていた。

「姉様、よう頑張られたな。ちと休んで参ろうか、もうここまで来れば染井もそう遠くはあるまい」

ふたりは頬を赤く染めた小女に誘われて、囲炉裏が燃える板の間に上がり、

近くの百姓が掘ってきたという自然薯を麦飯にかけて食し、幹次郎など三杯もお替わりして、

「これ、幹どの、腹も身の内ですよ」

と注意されたほどだ。

汀女が小女を呼んでめし代になにがしかの茶代を添えて払いながら、

「菊見に参ったのですが、ちと時節は早いでしょうかな」

と訊いた。

「ご新造様、そんなことはございませんよ。もう菊の便りがあちらこちらから聞こえて参ります。あの界隈、六十余軒の植木屋さんがそれぞれ趣向を凝らした花壇菊を作っているそうです、中でも染井の伊藤伊兵衛様の庭の菊は見ごろと昨日もお客様が申されておりましたよ」

と染井の植木屋伊藤伊兵衛の名を挙げ、住まいを教えてくれた。

この伊兵衛、幕府に樹木を献上するほどの老舗で代々の植木屋だ。

「ならばわれらも伊藤どのの屋敷をまず目指そうか」

腹拵えをなしたふたりは藤堂家の下屋敷と上駒込村の百姓地の間の道を西北へと上がった。

もはや染井は、そう遠くはない。

ふたりの足取りも緩(ゆる)やかなものへと変わっていた。

「姉様、どこぞから菊の香が漂ってこぬか」

「ほんに」

道の両側に竹で柱を組み、葦(あし)で日陰とした下に大菊、中菊、小菊と鉢植えの見事な花が飾られていた。

「さすがに職人衆、見事な栽培ですよ」

と汀女が足を止めて感嘆した。

幹次郎も汀女が手入れした花とはだいぶ違うな、と黄菊、白菊などを見て回る。

その菊の飾り棚の傍には縁台を持ち出し、悠然と茶を点(た)てたり、中には酒を酌み交わしている通人たちもいた。

汀女と幹次郎はふたりと同じように江戸や近郷から菊見に来た客に混じって、染井から巣鴨界隈の植木屋の工夫を凝らした花を見て回った。

「文化(ぶんか)の末、巣鴨の里に菊花をもて人物鳥獣何くれとなく様々の形を造る事流行(はやり)出して、江府の貴賤日毎に群集し、道すがら酒肆(しゅし)茶店をつらね、道も去りあへぬ迄賑はひし頃……」

と書物に記されたのは、汀女と幹次郎がそぞろ歩く天明よりおよそ三十年後の賑わいの光景だ。

さすがに菊見物の人が擦れ違えぬほどの人出ではない。

後年、菊を使って造り物の獅子の子落とし、九尾の狐、布袋様など人物鳥獣を巧みに細工する菊造りが盛んになって賑わうことになる。

汀女と幹次郎は最後に伊藤伊兵衛屋敷の門を潜って、広大な庭に点在して展示される菊を思う存分堪能した。

「姉様、色鮮やかな菊の花にこの身が吸い込まれそうじゃぞ、しばし目を休めさせてくれぬか」

と懇願した。

「幹どのばかりか私まで、目がくらくらと致します」

伊藤家の庭の泉水の周りには茶店が設けられ、簡単な酒肴や蕎麦、甘味が賞味できるようになっていた。

ふたりは穏やかな日差しが散る縁台のひとつに腰をかけた。

伊藤家の奉公人の女衆か、揃いの縞模様に赤の襷をかけた姿で、注文を聞きに回っていた。

「姉さん」

幹次郎が中年の女衆を呼び止めた。

「名物の食べ物があるのかな」

「芋汁蕎麦ですよ、それにふろ吹き大根を食べると冬の寒さなんぞどこかへ飛んでいっちまうよ」

「それを頂戴しよう。それと熱燗の酒だ」

幹次郎は注文して周りの様子を見る余裕が出てきた。大名家のような凝った庭ではないが、植木職だけに庭木は多種多彩で小さな池の水上に少しばかり色づき始めた柿紅葉や桜紅葉の枝が差し出されてなかなかの風情だ。

さらに池の周りにも伊藤家丹精の懸崖菊や鉢植えの菊が置かれて彩りを添えていた。懸崖菊の色模様が、泉水の水に澄んだ空に浮かぶ白雲と一緒に映ってなんとも目に鮮やかだ。

そんな光景の中、どこかの大店の女衆か、武家屋敷から宿下がりしてきたらしいお女中と、両親や妹らが伊藤家の庭を愛でながら談笑し、酒食していた。

お女中は遠目にも﨟たけた気品と清香とで、菊に勝るとも劣らなかった。

ふたりの傍らの席から女の声がした。

「播磨姫路藩に奥女中として上がられていた小網町の米問屋綿屋さんのおせい様がお宿下がりだねえ」

「十五、六で江戸小町と評判になってよ、浮世絵を飾った美形だ。屋敷勤めで一段と磨きがかかったねえ。歳はいくつになったえ」

「二十四、五かねえ」

「世間では年増の域だが、おせい様には年輪だねえ」

口さがないのは酒が入っているせいか。

「幹どの、なんぞ得意の句が浮かびましたか」

と汀女がおせい様から幹次郎の関心を引き剝がそうと言った。

「得意の俳句とは姉様、皮肉か」

幹次郎はそう答えながら、少々おせい様に関心を寄せた野次馬心を払拭せんと、頭に浮かんだ五七五を口にした。

「懸崖の　菊が水面に　秋模様」

汀女がしばし幹次郎の即興の句を口の中で繰り返していた。

「季節の言葉が重なり過ぎかのう」

汀女は笑みを浮かべた顔で幹次郎に推敲するように促した。

幹次郎が腕組みしたとき、注文の品が来た。

「まずは一杯、酒で頭を潤そう」

徳利に手を伸ばしかけると汀女が、

「偶には私が酌をしましょう」

と腕組みを解いた幹次郎に酒を注いでくれた。

「頂戴する」

朝から何刻も歩いたので喉がからからに渇いていた。それだけに温めの燗酒が美味に感じられた。

「姉様もひとつ」

汀女に干した杯を渡して今度は幹次郎が酌をした。

「昼酒とは罰が当たりそうな」

汀女が杯を口に持っていった。

幹次郎は顎に手を置き、考えた。

一陣の微風が菊屋敷に吹き渡った。すると池の水面に細波が立ち、映じていた空と菊も揺れた。

幹次郎は矢立を出して懐紙に認め、汀女に見せた。

染井では　白雲と菊　水に映え

汀女がにっこりと笑った。

「こちらのほうが幹どのらしく雄大にございます」

といつものように句そのものの巧拙には触れず、褒めてくれた。

「お武家様、ご無体な！」

と男の悲鳴が上がった。

幹次郎と汀女が振り向くと、綿屋一家の庭に設けられた床に派手な羽織をぞろりと着こなした旗本奴ふたりが押しかけ、今にもおせいの手を取ろうとしていた。

「お武家様、娘はお宿下がりを親兄弟と楽しんでおるところにございます。お酒の相手はご容赦ください」

綿屋の主だろう、なんとかふたりの武家の無体を制止しようとした。

「われらは旗本寄合五千三百石佐々木家嫡男瑛太郎様の一行である。主、決して怪しい者ではないぞ。かように染井の菊見で一緒したのもなにかの縁、酒を一献差し上げたいとの若君の申し出だ。ささっ、お女中、参られよ」

すでに呂律の回らない口で言い募り、おせいの手を摑もうとした。その差し出した手をおせいが手にしていた扇で、
ぴしゃり
と打ち据え、

「白昼菊見の酒に酔い食らって他人の席にまで迷惑をかけるとはなにごとです。直参旗本にあるまじき所業、お下がりなされ。そなたの主が真のお武家なれば、満座の前での戯れはほどほどになされとお伝えなされ」

ふたりの使い奴はおせいの貫禄に圧倒されたか、自分たちの席へと戻った。その成り行きを見ていた佐々木瑛太郎の一行から、すごすごと引き返してきた仲間ふたりへしくじりを揶揄する高笑いが起こった。そして、今度は別の若侍が、

「おれが参る」

とばかりに立ち上がった。

それを佐々木瑛太郎らしき人物が、

「慎吾、一々面倒じゃ、こちらからあちらの席に押しかけようではないか」

と言い出した。

「瑛太郎様、それが早い」

と同調した一行七、八人が敷物を乱して床から立ち上がった。一行の中には派手な拵えの長剣を携え、赤樫の木刀を手にしている者もいた。

「そなたが断るで、われらがほうから参ったぞ」

と叫ぶ佐々木瑛太郎は、だいぶ酒を呑んだと見えて足元がふらついていた。歳のころは二十二、三か。

旗本寄合は三千石以上の無役の旗本家の呼称だ。気位は高いが役料もつかず、暇だけを持て余していた。

瑛太郎はおせいの傍らに強引に座り込もうとした。

伊藤家の主の伊兵衛も駆けつけてきて、

「佐々木の若殿様、母屋に新たに酒席を仕度させますで、どうかあちらへ」

ととりなそうとするが、酔った一行はだれの言うことも聞かず、おせいに傍若無人な所業を重ねようとした。

「幹どの」

と汀女が言ったのと幹次郎が立ち上がったのが同時だった。縁台に和泉守藤原兼定を残し、脇差を差した形だ。

「お手前方、座興はそれくらいでおよしなされ。染井は菊観賞が眼目でな、酒に酔い食らうところではござらぬ」

幹次郎の声に酔眼の連中が、

「何奴か」

という体で床から庭に立つ幹次郎に目を据えた。

「邪魔を致すでない、わが主が話をしておられるところだ」

木刀を肩に担いだ佐々木瑛太郎の仲間が幹次郎を睨んだ。

「それが迷惑と綿屋様方は申されております」

「浪人の分際でちと差し出がましい」

木刀の武士と仲間が三人、床から飛び降りると木刀の武家が、

「小賢しい口を利きおって！」

と肩に担いだ木刀を上段から片手殴りに幹次郎の眉間に叩きつけてきた。

幹次郎が素手で踏み込み、片手で木刀を持つ右手首を摑んで逆手に捻ると同時に腰を寄せ、相手の勢いを利して体に乗せて投げ飛ばした。

どぼん！

池の水を揺らして頭から落水すると菊見物の衆が、

わあっ！

と歓声を上げた。

幹次郎の手に相手が持っていた木刀が持たれていた。

「やりおったな！」

「許せぬ！」

と佐々木瑛太郎らが床から飛び降りてきて、

「何者か、名を名乗れ」

と叫んだ。

「それがし、そなたらが申される通り浪々の者、名乗るほどの者にはございません」

「下郎、ほざきおったな」

佐々木瑛太郎が血走った目で刀を抜いた。大身旗本とはいえ、無役の倅は家督を継いでもお役に就く可能性は低い。それだけになんの生きる目標もなく日々を放埒に遊び暮らしている連中のひとりだ。

「やめておきなされ、そなたらも水遊びすることになる」

「その大言、許せぬ」

瑛太郎が叫び、幹次郎に迫った。

幹次郎はするすると池の端まで下がり、木刀を構えた。

半円に陣形を固めた佐々木瑛太郎一行が、幹次郎を押し潰すように踏み込んできた。

幹次郎はその場を動くこともなく、得意の薩摩示現流も眼志流居合も使うことなく、腰のふらついた連中の肩や腰を手加減して叩くと、次々に池の中に落水させた。

一瞬の間に全員が水の中だ。

「飲食のお代を支払うて、屋敷にお戻りなされ」

幹次郎の声に応じる元気もなく瑛太郎らは池からよろよろと上がった。それに伊藤家の奉公人が声をかけていた。

幹次郎は木刀を投げ捨てると、呆然とするおせい一行に黙礼し、汀女のもとへ戻った。

「こちらは支払いを済ませましたよ」

「ならば姉様、そろそろ浅草に戻ろうかな」

ふたりが言い合い、さっさと伊藤家を出た。

帰りは汀女のために駕籠を拾い、幹次郎が傍らに従って浅草田町の左兵衛長屋に戻った。

三

刻限は夕暮れ前、風に乗って清掻の調べが途切れ途切れに浅草田圃に響いてきた。

木戸口で巣鴨村が住まいだという駕籠屋に酒手を加えて支払い、汀女を長屋に送った幹次郎はその足で吉原に向かった。すると土手八丁の見返り柳で先に戻ったはずの駕籠屋が立ち止まり、ふたりはなにか言い合っていた。

「客待ちをする気か、それとも遊び心が生じたか」

「おや、旦那かい。大門の方から響いてくる三味の爪弾きを聞いたら、無性に胸が切なくてよ、聞き惚れていたのだ」

「それが吉原の手だ、遊びならばまた出直しておいでなされ。手伝うことがあらば手伝おう」

と言う幹次郎に、

（おや、旦那は吉原に顔が利くのか）

という顔を先棒がした。

「それがし、吉原会所の関わりの者でな。気心がよい遊女を紹介せよと申されるならば、会所の衆に訊いて進ぜる。手伝いとはその程度のことだ」

「吉原会所で旦那のような浪人さんが働いているのか」

「吉原というところ、いろいろとあるでな」

「違いねえ」

と答えた先棒が、

「遊びたくとも金はねえ、尻切り半纏に褌姿じゃあ、大門も潜らせてもらえまい。遊びを思い立ったときは、旦那を真っ先に訪ねるぜ。なあ、相棒」

「おうさ」

と答えた後棒が旦那の名はなんだい、と訊いた。

「神守幹次郎じゃ。会所で訊けば直ぐに知れよう」

「分かった」

「気をつけて参れ」

夕暮れの中、空駕籠を担いだふたりの影が三ノ輪の方角へ没していった。それを見送った幹次郎はいそいそと大門に向かう遊客に混じって、衣紋坂を下りた。

大門前には旅籠町辺りから乗せてきたか、辻駕籠が三丁到着したばかりで、野暮ったい格子縞の羽織の男たちを下ろしていた。在所から江戸見物に出てきたらしい風体だった。

三人の男たちは辺りをきょろきょろと見回していたが、板葺きの屋根のついた冠木門を見上げ、

「これが名高い大門けえ、おらっちの長屋門のほうが普請に銭がかかっているべえ」

「これ、そんなことを大声で言うもんでねえ、田舎者に見られるぞ」

と言い合った。そして大門の向こうに延びた仲之町の華やぎと引手茶屋の軒に吊された万灯の灯りと人込みに圧倒されたように立ち竦んだ。

そのとき、清掻の調べを割って、
ちゃりん
と鉄棒の音が響いた。すると仲之町をそぞろ歩く遊客がさっとふたつに分かれ、真ん中に道が開かれた。

幹次郎の目に箱提灯の定紋が見えた。

三浦屋の紋だ。

「薄墨太夫の花魁道中だよ」

と仲之町からの声を聞くまでもなく、遊女三千人の頂点に立つ薄墨太夫が引手茶屋まで出向く光景が展開されようとしていた。

「新田の親父、あれが花魁道中だべか、運がよかったぞ。大門を潜る前にいきなり花魁からお迎えだ」

「だれを迎えてや」

「そりゃ、おれだっぺ」

「おまえを迎えに来た一行か、近くで見よかい」

と三人の男たちが大門を潜って待合ノ辻に足早に走り込んだ。

幹次郎も何気なく三人に従った。

左手の面番所も会所も戸を閉めてひっそりとしていた。ということは昼見世では騒ぎはなかったということか。

幹次郎はふたたび三人の男たちの傍らに立ち、ふたりの禿を従えた薄墨太夫が見事な外八文字を踏んで悠然と仲之町を行く威勢を見た。

朱塗りの下駄の高さは一尺（約三十センチ）もあろうかというものだが、さすが薄墨は動きの一つひとつにめりはりをつけて、重い三枚歯を自分の身のように軽やかに虚空に回らせ、その度に大勢の男たちの溜息を誘った。

薄墨は仕草ひとつ動きひとつで男心を擽った。

「魂消た。これが花魁道中か、新田の親父」

「代吉、おら、この花魁に惚れた。一夜、この花魁と共にしてえ」

「馬鹿こけ、花魁をいきなり揚げるなんてあるもんけえ」

「できねえか」

三人の男たちは薄墨太夫の威勢に驚いて、勝手なことを言い合っていたが、そのひとりがふいに幹次郎に話しかけた。

「お侍、女郎は売り物買い物と聞いたが、あの花魁は買えまいか」

「いきなりでは無理であろう」

「やっぱり駄目だかや」

「薄墨太夫は吉原の中でも筆頭の遊女でな、ほれ、そこの引手茶屋にまず上がって相談なさることだ」

「茶屋ってあれかえ」

仲之町の入り口には七軒茶屋と称して数多ある茶屋の筆頭が軒を連ねていた。

「なかなかの店構えだ。茶屋はなにをするところだ」

「上客はまず馴染の茶屋に上がり、そこから妓楼に向かう習わしでな、妓楼では一切金銭を持たずとも遊べる仕組みだ」

「金を払わずとも遊女と遊べるってか」

「いや、その代わり、茶屋で遊び代の精算が行われるのじゃ。大見世で遊ぶのはなかなか手間もかかり、金子もかかるようじゃぞ」

薄墨一行は七軒茶屋の筆頭、山口巴屋に仲之町張りに出てきたようで、先導する若い衆が、女将の玉藻らの迎える引手茶屋の表で止まった。

そのとき、薄墨太夫が幹次郎の姿に目を留めたか、嫣然とした視線を回した。

「花魁はおれに気があるべえか」

三人連れのひとりが呟いた。

遊客や素見の男たちは薄墨の行動を気にして、沈黙のままに見つめていた。

禿に薄墨がなにかを囁き、禿のひとりが幹次郎に走り寄った。

「神守様、太夫がお呼びでありんす」

甲高い声が優美な節回しで用事を告げた。

三人の男たちが唖然として幹次郎を見た。

着流しの幹次郎は頷くと、薄墨太夫の前に寄った。

「汀女先生と、どこぞにお参りなんしたそうになあ」

「花魁、よくご存じだ」

と感心する幹次郎に、

「神守様、汀女先生のお弟子のひとり、萩乃屋の千影様が危難に見舞われましたことご存じでありんすか」

と囁き、

「いや、知らぬ」

と答える幹次郎の肩に手を軽く置いた薄墨が、山口巴屋へとくるりと体の向きを変えた。

肩から薄墨太夫の白い手が離れ、残り香が芳しくも辺りに漂った。だが、そのとき、幹次郎は京町二丁目へと足を向けていた。

京町二丁目の東の端にある萩乃屋は小見世だ。だが、主夫婦の人柄もあって客筋もよく、女郎たちも粒ぞろいで気さくな楼として知られていた。

千影がどんな遊女か、幹次郎には覚えがない。

萩乃屋の張見世に灯りはなく女郎たちの姿もなかった。それが、

「危難」に見舞われた動揺を見せているように思えた。

幹次郎は暖簾を分けた。すると会所の若い衆の宗吉が土間に立っていた。

「なんぞあったと聞かされてな」

「二階に七代目も番方もおられます」

「お邪魔する」

兼定を手に大階段を上がると遣手が両手を袖に入れて立っていた。幹次郎を見ると黙って廊下の奥を指差した。

幹次郎が吉原会所の用心棒として働いていることは、すでに廓内に知られていた。頷いた幹次郎は大廊下を進んだ。

千影の座敷は角部屋だった。その中で調べが行われているのか、人影が幾つか動いていた。

「お邪魔致す、よろしいか」

幹次郎の声に中から障子が開かれた。

長吉が幹次郎を見ると頷き、

「あちらで」

と言った。

奥座敷に行くと男たちの背が見えた。医師が来ているらしく、四郎兵衛の声が男たちの背の向こうから響いた。

「先生、ご苦労でした」

立ったまま医師を見下ろしていた男たちの背の壁が崩れ、幹次郎の目に文を認めていた最中と思える遊女が前かがみに崩れ落ちた光景が目に飛び込んできた。辺りに血の生臭い臭いが漂っていた。

「神守様、お聞きになりましたか」

四郎兵衛が幹次郎に気づき、手招きしながら言った。

「なにがございましたので」

「千影が何者かに襲われ、絶命した。昼見世が終わったあとのこと、千影は部屋で独り文を書いていたらしい」

「下手人は判明しましたので」

四郎兵衛が顔を横に振り、

「十庵先生、なにが分かった」

と吉原出入りの医師厳原十庵に訊いた。

「人ではあるまい。だれが見ても獣に襲われたとしか思えぬ。左首筋に鋭くも細い歯が食い込んでおる。また反対側の右首筋にはこちらも鋭利な爪を突き立てた痕が残されておる。襲ったものは両手を首に巻きつけ、牙を首筋に立てたと思える。千影はこのふたつの傷からの出血と驚きで心臓が止まったと推量される」

「飼い犬は別にして、獣が吉原に出たなんて聞いたこともねえ」

四郎兵衛が言い、

「七代目、犬が二階座敷に飛び込めばだれかが気づいて騒ぎ立てます」

と仙右衛門が答えた。

「頭取、検死書きはうちから面番所に届けておきますか」

「先生、そう願おう」

官許の吉原は江戸町奉行所の出先機関、隠密廻り同心の詰める面番所の監督下にあった。だが、実際の治安は吉原の自治組織、四郎兵衛会所に任され、面番所は形ばかりのお飾り、骨抜きにされていた。

巌原十庵が去り、幹次郎が七代目に、

「傷口を見せてもらってようございますか」

と許しを乞うた。領く四郎兵衛に幹次郎は前のめりに崩れ落ちた千影の前に回った。

「神守様、この楼の者がそろそろ夜見世の仕度をと座敷を覗いて、殺しに気づいたのだ。そのとき、部屋には行灯の灯りは点っていたが、障子襖は閉まり、千影の他はだれもいなかったそうな」

と四郎兵衛が説明してくれた。

幹次郎は恐怖を留めた丸っこい顔に見覚えがなかった。歳は二十歳になったかならずか、白く細い首筋に残る鋭利な歯の痕と鉤爪のような傷痕を見た。ふたつの傷痕から出た血が突っ伏した千影の顔の下で血溜まりになっていた。

幹次郎は千影が焚き込めた香木の匂いに混じって、動物の臭いが漂い残っていることに気づかされた。

「番方、灯りをもらえぬか」

幹次郎の注文に、仙右衛門が行灯を手近に寄せてくれた。

幹次郎は行灯の灯りで首筋から襟足、崩れかけた横兵庫の髷などを仔細に調べた。そして、千影の左の耳の上辺りに獣のものと思える短い毛が数本へばりついているのを見つけた。

幹次郎は丁寧に毛を取り、懐紙に挟んだ。

その様子を四郎兵衛と仙右衛門が黙って見ていた。座敷には萩乃屋の番頭らが見世を開けたものかどうかという迷いの表情で立っていた。

「番頭さん、今晩だけは、暖簾は下ろしねえ、それが萩乃屋のためだ」

仙右衛門が言うと、

「番方、そうしよう」

と応じた男衆が階下の帳場の旦那に相談に行った。

幹次郎は障子を開いた。すると直ぐ真下に羅生門河岸との間の木戸があって、切見世の屋根が見えた。

「神守様、さっき千影のたぼから見つけなすった毛は、十庵先生の言う獣の毛でございますか」

四郎兵衛が訊いた。

「どう考えても女郎衆とは無縁のものと思えます」

幹次郎は七代目と番方の前に懐紙を広げて見せた。

「なんの毛かねえ。第一、二階にさ、忍び込んでくる獣なんてなんだね」

四郎兵衛の言葉に、仙右衛門と幹次郎が顔を見合わせ、仙右衛門が言った。

「三人連れの道場破りの猿は神守様が始末なさったのでしたな」

「なんだね、番方。道場破りの猿というのは」

七代目の問いに番方が説明した。

「ほう、津島道場にそのような道場破りがな」

と応じた四郎兵衛が、

「危険な猿と見抜かれ、ようも始末なされました。となると、こたびの一件とは関わりがないことになるな」

と四郎兵衛が答えたとき、大階段を駆け上がってくる慌ただしい足音が響いて、番頭が顔を出した。

「七代目、帳場の銭箱の中身がごっそりとやられた、盗まれたんだ」

と叫んだ。

四郎兵衛らは帳場に下りた。

萩乃屋の主勝蔵と女将おちえが空の銭箱を前に呆然としていた。

「やられた。千影がえらい目に遭ったと思ったら、今度は帳場の金子が盗まれた。なんでうちだけ危難が重なるんだ、七代目」

「盗られたのはいくらだ」

「二百七十余両だ」

「勝蔵さん、千影殺しと盗みは同じ者の仕業だ」

「なにっ！　獣が銭箱に手を差し込んで盗んでいったと七代目は言いなさるか」

「いや、獣を操る者がいよう。今のところはそれだけしか分からないがねえ」

と四郎兵衛も困った顔をした。

「昼見世の客の中に六尺（約百八十二センチ）を超えた武術家か、小太りの剣客がおらなかったかな」

幹次郎の問いに番頭が即答した。

「いえ、そのような方は」

「まさか傀儡子は参るまいな」

「傀儡子なんぞも参りません」

「ならば一見の客はどうか」

「どこぞの隠居が銀杏の部屋に」

年増女郎の銀杏が帳場に呼ばれ、幹次郎が訊いた。

「本日のそなたの客だが、身丈は五尺、顔は異相と申してよかろう」

「はい、そうです」

「体から獣の臭いはしなかったか」

はっ
と銀杏が息を呑んだ。

「銀杏、その客、名乗ったか」

「このような場所で本名を名乗る方はそういません。嘘かほんとうか、神守幹次郎と名乗られました」

と答えた銀杏が、

「あれっ！」

と驚きの声を上げ、幹次郎を見た。

「いかにも、それがしが神守幹次郎だ。その老人、それがしが知る七縣堂骨鋒に間違いなかろう」

「やはり津島道場に現われた三人組が関わってましたか」

幹次郎の呟きに四郎兵衛が訊いた。

「ちとお待ちください」

と答えた幹次郎は、

「その者が昼見世を引き上げたのは千影が殺された騒ぎの前ですか、それとも後ですかな」

「お侍、その方、夜見世まで居続けると揚げ代を前払いされたんですよ」

「騒ぎの前後、そなた、座敷を留守にしなかったか」

「千影さんの座敷でなにが起こったか、見に行きましたよ。そこには旦那をはじめ、楼じゅうの者が集まってました。私が座敷に戻り、千影さんの騒ぎを客に報告すると、女郎が殺された楼などに長居はしたくないと言われて楼を出ていかれたんです」

「その騒ぎに乗じて盗みを働いたのは、神守幹次郎と名乗った七縣堂骨鋒に間違いございますまい。また千影を殺した人喰い猿は、傀儡子と連携して、鉄漿溝を飛び越え、羅生門河岸の切見世の屋根から京町二丁目の萩乃屋の庇に飛び移ったのでしょう。そして障子を開いて凶行に及び、ふたたび障子を閉じて吉原の外に出ていったのでしょう。むろん、その後、飼い主の七縣堂骨鋒と吉原の外で再会しております」

と幹次郎が言い切った。

「神守幹次郎と名乗ったのがなによりの証しですな」

と四郎兵衛が念を押し、仙右衛門が、

「神守様、そやつらの猿は神守様が退治なされたのでは」

しと対決したあと、やつらは麴町の白鳥永正道場に猿を連れて現われ、道場主の白鳥どのと対決して惨殺しております」

と幹次郎は、身代わりの左吉から聞いた話を告げた。

しばし重い沈黙が支配した。

「そやつら、神守幹次郎様を狙って吉原に悪さを仕掛けたか」

「七代目、とするならば神守幹次郎、命を賭してもこやつらの息の根を止めてみせる。この千影の仇は、それがしが必ずや討ちまする」

と幹次郎が言い切った。

四

会所ではいつも以上に大門の出入りに注意を払った。また同時に長吉ら若い衆が吉原の外、鉄漿溝の周りを巡回して警戒に当たった。

そんな日々が静かに続いた。

猿を伴った七縣堂骨鋒もその仲間のふたりも、新たに吉原に近づく様子を見せなかった。

その日、幹次郎は朝稽古の帰りに馬喰町の一膳めし屋に身代わりの左吉を訪ねた。前日の夕方、左兵衛長屋に使いをもらい、お知らせしたいことがあるので馬喰町までご足労をと左吉が言ってきたからだ。

江戸の町は、このところ雨を見ない。からから陽気が続いたせいで、土埃や馬糞が一緒になって舞い上がり、空が黄色く見えるほどだった。そのせいで町を歩く人々は手拭いで口を押さえて歩いていた。

左吉はいつもの定席に姿を見せて、悠然と独酌していた。

「お呼び立てするほどのことでもねえが、偶には神守様のお顔が見たくてねえ」

と笑った左吉は小僧に杯と新しい酒を頼んだ。

「なんぞ分かりましたか」

「新たな展開がございましたかな」

幹次郎の問いには答えず左吉が反問した。

幹次郎は吉原で起こった女郎殺しを告げた。

この騒ぎ、会所は面番所にも萩乃屋にも内密にと願っていたので、吉原の外には漏れていなかった。

「糞ったれめが、そんな非道をわっしの目を掠めて働いておりましたか」

と左吉が吐き捨て、小僧が運んできた熱燗の酒を幹次郎と自らの杯に注いだ。

酒で喉を潤した左吉が、

「菊水三郎丸、七縣堂骨鋒、そして、鍬形精五郎の三人が江戸に姿を見せたのは夏のころのようです。中山道を道場破りや首掛芝居の代わりに猿に芸をさせて投げ銭をもらいながら路銀を稼いできたとか。板橋宿に到着し、宿外れの破れ寺に入り込んで、そこで半月余り過ごしています。破れ寺にいた間、奴らは一度だけ戸田の渡しで越後に戻る商人の主従を人喰い猿に襲わせ、懐の金子を奪っております。これはさ、わっしの推測だ、土地の御用聞きは行きずりの者の犯行と見ていますがね。ともあれ、このふたりが殺された直後に一行三人猿二匹は板橋宿の破れ寺から消えた……」

左吉は話を止めて新たな酒を注いだ。

「そう、そのとき、猿は二匹連れていたそうです。破れ寺ではこの二匹の猿に厳しく仕込む声がしていたと近くの百姓が話しています」

「左吉どのは板橋宿まで出向かれましたので」

「他人の話だけでは、いまひとつ信が置けませんのでな。大猿は羅刹、中猿は鳶造丸と名づけられていました」

と笑った左吉が、

「行ってようございましたよ。越後の商人主従が喉をさっと掻き斬られて死んでいたことが分かりましたしな、破れ寺の古畳がぼろぼろになるまで鋭い刃物で斬り刻まれた跡も見ました。おそらく猿の爪に鋭い刃物を装着して人殺しの訓練をした跡ですぜ、神守様」

幹次郎が頷いた。

「神守様が鎖鎌の鉄球を利して斃した猿は鳶造丸のほうですな。ただ今残っている羅刹は鳶造丸に比べ、何倍も凶暴ですぜ。牙と四本の手足に装着した特殊な付け爪を自在に使って、巧妙な人喰いぶりを発揮しております」

「麹町の白鳥永正道場の他にも犠牲が出ましたか」

「どこも羅刹との勝負で道場主が負けたとは外に言い難うございましょう。それで門弟たちは口を噤んでおりますが、わっしの知るかぎり、佐久間小路の鹿島新当流玉城阿波守忠義様、それに筋違御門近くの本心鏡智流槍術伊藤玄々斎様の師範ふたりが斃されております。偶々伊藤先生は運がよいことに他出中のことで無事だったようです。ふたつの道場では必死で三人の行方を追っておりますよ、仇を討たねば武士の一分が立たぬというわけです」

玉城も伊藤も江戸では高名な武術家として知られていたし、弟子も多かった。

「一行の真の狙いはなんですか」

「江戸でひと旗揚げるのが目的だったようですが、この時節、強いばかりではどうにもなりませんや。なにしろ出自も怪しげで、血の臭いを漂わした武術家を受け入れる時世ではございませんからな。奴らは荒稼ぎして、一旦江戸の外に出るつもりではございませんかな。わっしはそうみました」

「板橋宿を去った一行の府内の潜伏場所は分かりますか」

「浅草の寺町の中に塒を設けたり、深川の悪所に住んだり。三人が一緒のときもあれば、三人と猿がばらばらに住んだり、いろいろと用心しておりまして、なかなか尻尾を摑ませません」

「悪さを重ねてきた連中は用心深い」

「それがさ、わっしの縄張りうちの馬喰町の木賃宿に、一時は住まいしていたというから驚きだ」

と左吉は苦笑いした。

「また行方を絶ちましたか」

「いえ、分かってまさあ」

幹次郎はほっとした。

「厄介な処に塒を構えやがった」

「どこです、左吉どの」

「東叡山寛永寺円頓院御本坊に潜り込んでおります」

「なんと徳川家と縁の深い寛永寺を隠れ家にな」

「菊水一行が江戸に上がる道中、難儀していた寛永寺ご門主永膳様の縁者を助けて恩を売った縁でねえ、寺内に入り込んでおるらしいので。こいつはどうも手が出せませんや」

と左吉が困った顔をした。

「左吉どの、よう調べがつきましたな。お礼を申します」

「江戸で心残りは津島道場で神守幹次郎様に一敗地に塗れ、人喰い猿の鳶造丸を殺されたことですぜ。江戸を出る前に絶対に奴らは神守幹次郎様を襲うとみました」

頷いた幹次郎は、

「奴らはそれがしにそのことを告げるためだけに、萩乃屋の千影の命を無残に絶ったのです」

「どうなされますな」

「千影の仇はこの神守幹次郎が討つと亡骸に誓いました。吉原会所の総意でもございます」

「だが、天下御免の色里も上野のお山だけには手が出せませんぜ」

「彼らとてそれがしを狙う以上、御本坊を出なければなりますまい。その機会を狙います」

「と申されると思いました。乗りかかった船だ、奴らの動静に気を配ります」

幹次郎はお願いしますと頭を下げた。

幹次郎が吉原会所に戻ると四郎兵衛に呼ばれた。同席するのは番方の仙右衛門だけだ。

「お昼前に神守幹次郎様を訪ねてこられた方がございましてな」

「それがしに来客が」

幹次郎には心当たりがなかった。

「小網町の米問屋綿屋の主人勘右衛門様ですよ」

「小網町の……」

「汀女先生と一緒に染井に菊見物に出かけられたそうな」

幹次郎はすっかり染井の伊藤家での騒ぎを忘れていた。

「おおっ、思い出しました。昼酒に酔った連中が羽目を外したのです」

「綿屋さんのおせい様は幼い折りから美形で知られた娘御でしてな、行儀見習いに播磨姫路藩の酒井家に奉公に出られましたとか、その噂は私も耳にしていましたよ。こたび、宿下がりには綿屋さんでは格別な思いがございましてな、一家で染井まで菊見物に参られ、水入らずの昼餉を食する折りに不快な目に遭ったようですね」

綿屋から事情を聞いたか、四郎兵衛がすらすらと言った。

「それがし、あの場で名乗ったわけではございません。ようもそれがしが会所に関わりのある者と調べられましたな」

「騒ぎを鎮められた神守様と汀女先生がさっさと伊藤家を出られたあと、綿屋さんではあのお方にお礼をと慌てて神守様の行方を捜されたようですが、残念ながら姿が見つかりません。そこで伊藤家の者に相談致しますと、奉公人か客のひとりが、あの夫婦は吉原会所と関わりがあるはずだと言い出したとか、それで神守様の身許が知れたってわけですよ」

「そうまでしてこちらを捜すこともございません」

「ところが綿屋さんにはございましたんで」

「どうしたことで」

「おせい様は酒井家のご家中、さる重臣のご嫡男と婚儀が調いなされたとか、お宿下がりは一家水入らずで過ごす最後の場だったそうです、それを佐々木家の馬鹿若様の一行に邪魔をされたってわけです。神守様が止めに入られぬと厄介なことになったと綿屋さんもほっと胸を撫で下ろしておられましたよ」

と幹次郎が不在の間の訪問客の用件を述べた四郎兵衛が、袱紗包みを幹次郎の前に差し出した。

「神守様夫婦が本当に吉原で働いておられるかどうか、半信半疑でございましたので、お礼の品は用意しませんでしたと申されてな。おせいの気持ちを納めてくださいとこれを届けられたのです」

「金子を頂戴するほどの働きをしたわけではございません。困りましたな」

と幹次郎は困惑した。

「綿屋さんでは神守様を救いの神と感謝しておられるのです。快くお納めなされ」

「はあ、姉様に相談した上でどうしたものか決めます。それまで会所でお預かり願えませぬか」

「おやまあ、袱紗包みが宙に浮きましたぞ。ならば、しばらく私が預かりましょうかな」

と笑った四郎兵衛が、

「それにしても神守様は行かれる先々でいろいろと風を巻き起こして参られますな。おせい様はあのようなお方が巷におられるのですか、と大いに驚かれておられましたそうな」

「お節介を致し、綿屋さんのお心を煩わしましたな」

とこの話題に蓋をするように言い切った幹次郎が、

「それがしの方にもちと報告がございます」

と身代わりの左吉から聞いた話を告げた。

「なんと人喰い猿を抱えた三人組は、上野のお山に逃げ込みましたか。たしかに左吉さんが申される通り、吉原も簡単には手が出せない場所にございますよ」

と四郎兵衛は一転深刻な表情に変えた。

「奴らがこの神守幹次郎に鳶造丸の恨みを抱いておるとしたら、必ずや山から下りて参ります。左吉どのも三人組の行動に気を配るとは申されましたが、なにしろ東叡山寺領は広大過ぎる、奴らが好きなときに山を下り、こちらの隙をついて悪行を仕掛けることが一番の心配です」

「ちと知恵を絞りませぬとな」

「千影の被った非道はこの神守幹次郎への警告、次に彼らがどう動くか、あらゆることを想定して警戒する必要があろうかと存じます」

「神守様、うちとしては客を狙われるのが一番困る」

と仙右衛門が応じた。

「奴らがどのような風体に身を変えようと大門を見張っていれば、なんとか阻止できよう。番方の言う通り、吉原通いの客をその道中で狙われたら、と思うとぞっとする」

と四郎兵衛も言う。

「ともかく番方、吉原の内外を中心に土手八丁から浅草田圃、三ノ輪辺りまでは、吉原と関わりのある御用聞き、鳶の連中を総動員して警戒に当たらせよう」

四郎兵衛、仙右衛門、幹次郎の三人は浅草界隈の絵図面を広げて、思案を巡らした。

打ち合わせが一段落したあと、幹次郎は宗吉を伴い、吉原の大通りから蜘蛛道まで見廻ることにした。

七代目と番方は話し合いに従い、早速吉原会所と関わりの面々に夜廻りを頼むために行動を起こしていた。

ふたりは仲之町のどん詰まり、水道尻から京町二丁目の路地を抜けて九郎助稲荷の前に出た。

宗吉が稲荷社にぺこりと頭を下げて、羅生門河岸への木戸を潜った。

昼見世が終わった刻限だ。

夜見世が始まるまでの短い時を利用して夕餉の煮炊きをしている匂いが、昼でも暗い路地に漂い流れていた。

「神守様、萩乃屋の千影を殺した猿が萩乃屋近くの柿の枝をすべて切り落としておりました」

「羅刹は柿の枝を伝って高塀と鉄漿溝を乗り越えたか」

「人ならば無理でも猿になるとどんな細い枝でも渡れましょう。もっとも猿がその気になれば、吉原の外に生えた木から鉄漿溝と高塀を飛び越えるくらい造作もないことかもしれません」

と言った宗吉が案ずるように訊いた。

「人殺し猿は吉原を繰り返し狙いますか」

「分からぬ。今はわれらができることをやるだけだ」

と幹次郎が答えていた。

この日、神守幹次郎は夜見世の客足が峠を越える五つ半（午後九時）近くまで吉原に居残り、何度も警戒に出た。

外出から戻った仙右衛門から、

「ご苦労でしたな、汀女先生が待ちくたびれておられますよ」

と労い（ねぎら）の言葉をかけられ、幹次郎は大門を出た。

そのとき、だれかに見張られている気配を感じた。

もう刻限も刻限だ。五十間道から駕籠を飛ばしてくる遊客もいたが、さすがに賑わいの峠を越えていた。

幹次郎はゆっくりと五十間道を進み、外茶屋の相模屋の前に出た。すると甚吉が所在なく立っていた。

「どうした、甚吉」

「幹やん、今、帰りか」

「長い一日であったわ」

「会所は忙しいか。うちはなんだか客が来ない、どうしたもんかねえ」

と首を捻った。

「そういう日もあろう。おはつさんは、長屋に戻ったか」

「長屋でおれの帰りを腹のやや子と一緒に待っておるわ」

甚吉とおはつ、祝言を挙げたばかりだが、おはつは懐妊していた。

「生まれる子のためにもしっかりと働けよ」

と言い残した幹次郎は、見返り柳の土手八丁には向かわず相模屋の脇を通って浅草田圃に出て、左兵衛長屋に戻ろうと考えた。

幾分近道であることもあったが、人と出会ってばかりの吉原から人の気配のない田圃道でざわついた気持ちを鎮めたいという考えが働いてのことだ。さらにもうひとつ、幹次郎を見張る者の正体を突き止めたいという思いもあった。

引手茶屋の裏口に出ると浅草田圃から冷たい風が吹きつけてきた。

幹次郎はそろそろ木枯らしの季節が来るなと思いながら、小川に架かる土橋を渡った。

幹次郎の右手から吉原の灯りが零れ、ざわめきも聞こえてきた。

田圃道を行くと地蔵堂の林のところで灯りがちらちらと動いた。そして、人が走り寄ってくる気配がした。

「刺客」

と恐れるほどの者たちではなかった。

(馬鹿どもが)

幹次郎は胸の中で吐き捨てた。

行く手にいくつもの影が集まり、提灯の灯りを点した。すると襷がけに鉢巻姿の若侍たちが待ち受けていた。

染井で伊藤家の池に叩き込まれた旗本寄合佐々木家の嫡男瑛太郎と仲間の面々だ。

幹次郎は足の運びを緩めず、地蔵堂の辻まで歩み寄ると足を止めた。

「なんぞ御用か」

「そなた、吉原会所の用心棒じゃそうな」

佐々木瑛太郎が口を尖らして言った。

「それがどうしたな」

「染井での恨みを果たす」

「やめておけ、恥の上塗りだぞ」

若侍の後方からのっそりと姿を見せた二人組がいた。ひとりは浪々の剣術家か、羽織を着けず小袖の襟も袴の裾も解れていた。月代にもまばらに毛が生え、全体が薄汚い感じで、その体から危険な匂いが入り混じって漂ってきた。

「こやつを痛めつければ約定の金子をくれるというか」

「命までは取らずともよい。足腰を叩きのめし、手足の一、二本を折ってくれればよい」

佐々木瑛太郎の言葉に剣客が懐から手を出した。

「なんだ、その手は」

「物事、すべて前払いじゃあ」

剣客が吐き捨て、

「約束が違う」

と瑛太郎が言い張ったが、

「ならばおぬしらだけでやれ」

と突っ放され、瑛太郎が用意していた紙包みを、

「ほれ」

と投げた。

片手で受け取った剣客が掌（てのひら）で小判の枚数を確かめていたが、仲間に顎で合図した。

小太りの仲間が慣れた動作で剣を抜いた。

金子を懐に入れた剣客も刀を抜いた。

ふたりのあとを瑛太郎ら若侍が半円に陣形を取って構えた。その中の何人かは提灯を捧げ持っていた。

幹次郎とふたりの剣客の間合は一間半だ。

幹次郎は和泉守藤原兼定を腰に落ち着かせると姿勢を低く取った。

「こやつ、居合を使うぞ、猪俣（いのまた）」

金子を懐に入れた剣客が仲間に注意を発し、その警告の言葉が終わらぬうちに幹次郎が踏み込んでいた。

すいっ
提灯の灯りの中に幹次郎が地面に吸いつくように移動し、相対する剣客ふたり

が正眼の剣を頭上に振り上げ、振り下ろそうとした。

一撃一殺、迅速な剣捌きを思わせた。

だが、幹次郎の動きは流れる水のようにさらに玄妙だった。

ふたりの刺客の剣が幹次郎に雪崩れ落ちる寸前にふたりの内懐に入り込んだ幹次郎が、

「眼志流浪返し」

の言葉を漏らし、和泉守藤原兼定が血腥い世過ぎを送ってきたふたりの胴を深々と抜いて、横手に吹き飛ばしていた。

一瞬の早業だ。

幹次郎の眼前に呆然と立ち竦む佐々木瑛太郎がいた。

「こたびはそなたの命預かりおく。これ以上、愚行を繰り返さば、預けた命絶つ。相分かったか」

がくがく

と瑛太郎が頷いた。

悠然と血振りをした幹次郎が兼定を鞘に納め、立ち竦む若侍の間を割って左兵衛長屋へと歩き出した。

第三章　暗殺の夜

一

神守幹次郎は左兵衛長屋から漂う異様な緊迫を感じ取った。長屋全体ではない、一角からだ。

幹次郎は直ぐに緊迫の空気が発せられる場所を悟った。

(姉様に異変が襲いかかったか)

納めたばかりの兼定の鞘元を左手で押さえ、走った。

木戸口に飛び込み、ふたりの住まいする長屋に灯りが点っていないことを確かめた。いよいよ汀女の身辺になにかが起こったことを予感させた。

幹次郎は足を止め、ひとつ深呼吸すると暗い長屋に向かって歩んだ。

もうどの長屋でも夕餉を食べ終え、片づけも終えて、寝に就く刻限だ。汀女はいつも幹次郎が戻ってくるまで灯りを点し、遊女たちの文の添削やら縫い物をして待っているのが常だった。

それがひっそり閑としていた。なにより恐怖に満ちた緊迫が異状を告げていた。

幹次郎が長屋の戸口に立つと、部屋の中で何者かが刃を構えた気配が漂った。

「姉様」

と幹次郎は小さな声で呼びかけた。

長屋の中で恐怖と緊迫がすうっと消えていく気配がした。そして、

「幹どのか」

と誰何する汀女の声がした。

「おお、幹次郎じゃあ。遅くなった」

と答えつつ、障子戸を開けようとした。だが、中から心張棒がかってあった。

それに気づいた汀女が慌てて、部屋から土間に下りて心張棒を外した。

幹次郎は左手で戸を引き開け、土間に身を硬くして立つ汀女に、

「姉様、なにがあった」

と訊いた。

汀女の手には懐剣(かいけん)が持たれていた。

「日が落ちてどれほど経ったころでございましょうかな、長屋の樹木がわさわさと鳴り、隣長屋の飼犬が激しく吠えたのです。そしたら、一、二度、きいっ、と獣の声が犬を威嚇しました。すると犬が怯(おび)えたように黙り込んだのです」

「猿か」

汀女が頷いた。

「姉様、いま一度心張棒をかって戸締まりをし、部屋に灯りを点されよ。外を見廻って参る。それがしが声をかけるまで決して戸を開けるでないぞ」

幹次郎は汀女に命ずると左兵衛長屋の敷地を見廻った。

この長屋は四郎兵衛会所が所有する長屋のひとつで、住人も吉原に関わりがある者ばかりだ。九尺二間(くしゃくにけん)の棟割長屋とは異なり、二階長屋で敷地も広い。井戸や厠や洗濯場が使い勝手よく配置されて、庭木も多く植えられていた。

幹次郎は庭をひと回りして獣の気配を探ったが異状はなかった。隣長屋に回ってみると差配が飼う犬が怯えた様子で、小屋の奥で震えていた。

「姉様、開けてくれ」

と声をかけ、ようやくわが家の敷居を跨いだ。

「なんの異変もございませなんだか」

幹次郎が首を横に振った。

「私の勘違いであろうか」

「いや、犬が異様に怯えて小屋に丸まっておる。怪しげな侵入者があったことはたしかじゃ」

居間には火鉢に鉄瓶がかかり、夕餉の膳の上に布巾が掛けられていた。

「夕餉は玉藻様のところで馳走になった」

「会所でもなんぞございましたか」

「こちらに来たであろう者と獣の襲来を吉原でも警戒してな、七代目と番方がその手配りに走り回られておられたで、それがしが廓内に残っておったのだ。吉原にとって無差別に客が襲われ、あらぬ噂が流れることが一番困る。直ぐに客足に響くでな」

汀女が頷き、

「熱燗を一本つけましょうか」

と訊いた。

「もらおう」

汀女が仕度に立った。そのとき、

「おや」

という顔で幹次郎の五体を鼻で嗅ぐ様子を見せた。

「気づかれたか」

幹次郎は浅草田圃に待ち受けていた佐々木瑛太郎らの愚かな待ち伏せを告げた。

「あの方々、染井村の愚行をまた繰り返されましたか。幹どのの親切を徒にして」

幹次郎は佐々木瑛太郎らの行為をどこにも届けてはいなかった、そのことを汀女は言ったのだ。

「もはや懲りたで、これ以上のことはすまい」

と幹次郎が言い切り、訊いた。

「夕餉の菜はなんだな」

「甚吉どのが自然薯を持ってきてくれましたで、麦ご飯を炊きました」

幹次郎は布巾を取った。小鉢にとろろが摺り下ろされ、揉み海苔がかかっていた。

幹次郎は鯖（さば）のぬた和えに白髪葱が添えてある菜に目をつけた。

「これは美味（おい）しそうな」

「棒手振（ぼてふ）りの魚屋から購（あがな）った鯖ですよ」

汀女が鉄瓶の蓋を取り、燗徳利を湯に沈め、話題を元に戻した。

「幹どの、獣の鳴き声は千影様を襲った人喰い猿でありましょうか」

「まずそうと見たほうがよい」

幹次郎は長屋に汀女を独り残すのは危険だと思った。なんぞ手を打たねばなるまいと考えながら、

「千影の初七日（しょなのか）が参るな」

と呟いた。

「千影様は気立てのよい遊女でな、年季の明けるのを幼馴染が在所で待っていると私に漏らされ、何年も先の再会を楽しみにしておられました」

「人を殺すことを覚えさせた猿を使って、なんの罪もなき女郎を殺すなど許せぬ」

汀女が頷き、燗徳利の口に布巾を巻いて取り上げた。

幹次郎は杯を手に汀女から酌をしてもらい、口に含んだ。熱燗の酒の香りが鼻

腔を擽り、口内に酒精が満ち溢れた。

ゆっくりと喉に落とした。だが、鬱々とした憤怒の感情にいつもの酒の風味はしなかった。

「姉様、この暮らし、なんとしても守り通してみせる」

幹次郎は空の杯を汀女に持たせ、酒を注いだ。

「妻仇と呼ばれ、何年もの流浪の末に得た安住の地ですものな」

汀女がしみじみと言い、両手を杯に添えて酒を呑んだ。

頷き返した幹次郎は、菊水三郎丸、七縣堂骨鋒、鍬形精五郎の三人組と羅刹が何を目論んでおるか、未だ摑めずにいた。

江戸府内でも在所でも、貧しい人々が徒党を組んでの打ちこわしが続いていた。老中松平定信の、のちに寛政の改革と呼ばれる幕府建て直しは緒についたばかり、未だなんの効果も上げていなかった。

この騒乱の世と彼らの出現は関わりがあるのか。

「幹どの、なんぞ心配か」

先ほどまで緊張と恐怖に身を硬くしていた汀女は幹次郎が戻ってきて、いつもの落ち着いた表情に戻っていた。

「うーむ。この三人組の真の狙いがよう分からんのだ」

「いつの時代にも世の中を攪乱して、そのことを楽しむ歪な心根の者はおりまするものな」

「安永九年（一七八〇）以来、凶作が七年も続いておるからな。在所から江戸に流入する人々が日々増えておる。その者たちの対策だけでも幕府はてんてこ舞いだ。この混乱の世をさらに攪乱するために江戸に現われたかのう」

と幹次郎は自問した。

この夜、左兵衛長屋の灯りが消えたのは九つ（午前零時）近くだった。

翌朝、幹次郎は下谷山崎町の津島傳兵衛道場の朝稽古を休み、長屋の敷地の中で独り木刀を振って稽古をした。

井戸端に朝餉の仕度に来た女たちが声をかけた。

「おや、今朝は手近で稽古かい」

「昨夜、ちと遅かったでな」

という幹次郎の返答に、

「おさんさんよ、日が落ちてから隣長屋の犬がいつになく吠え立てていたが、なにごとかあったかねえ」

「なにがあってもさ、おかよさん、安心だよ。うちの長屋には会所の用心棒が住んでおられるのを知らないのかね」

などと言い合った。

幹次郎は棒手振りのおかみさんのおはなに水を桶に汲んでもらい、肩脱ぎになって体の汗を拭った。

「旦那、朝晩急に寒くなったねえ」

「息を吐くと白くなるでな」

「もう神無月だものね、寒いわけさ」

幹次郎は肩脱ぎのままに長屋に戻った。すると汀女が着替えを用意していてくれた。

「幹どの、綿入れを用意してございますぞ」

「姉様、綿入れはやめておこう。袷で十分じゃぞ」

幹次郎はどのような寒さでも綿入れ小袖を着ることを嫌った。衣類で少しでも身が締められ、動きが妨げられることを恐れたからだ。

「寒の季節が来たら考えなされ」

と年上の女房はあっさりと綿入れを幹次郎に着せることを諦めた。

朝餉の膳を囲んだとき、

「姉様、しばらく会所で寝泊まりされぬか」

と幹次郎が言い出した。

汀女が味噌汁の椀を口に運ぼうとして止め、幹次郎の顔を正視した。

「昨夜の獣の気配じゃがな、姉様の不意を突こうとして失敗したと思える。あるいはただの警告か。いずれにしてもふたたび長屋を狙うことが考えられる」

「千影様と同じことが」

「そうみて策を考えたほうがよい」

「どれほど吉原で過ごすことになりますか」

「三人組と羅刹による危険が取り除かれるまでとしか答えようがない」

汀女がしばし考えて、幹次郎に頷き返した。

朝餉の片づけを終えた汀女は、当座の着替えや細々したものをふたつの風呂敷に包み込んだ。その包みを幹次郎が提げて、手習い塾の指導に向かう汀女に従うことにした。

「おや、旦那。風呂敷を両手に持って質屋通いか」

井戸端から女の声が飛んだ。

「おかつどの、質屋ではない。姉様とふたり、道行じゃあ」

「あらまあ、旦那もよう言うね」

「行き先はどちらだえ」

「大門潜って吉原じゃぞ」

「とうとう汀女先生を身売りするかえ」

左兵衛長屋の女連(おんなれん)は、亭主は四郎兵衛会所の用心棒、女房は遊女に手習いを教える師匠というふたりの暮らしに興味津々なのだ。

木戸口で汀女が長屋の女連にくるりと振り返って、

「皆様、長々とお世話になりました。わちきは今宵から吉原に身を投じます。亭主方によろしくご贔屓(ひいき)にとお伝えくだされ」

と真面目な顔で挨拶した。

「おや、汀女先生までが芝居がかりで仕事に出るよ。歳取って女郎になると病にかかるのが早いというよ、汀女先生も気をつけな」

「あーい、気をつけまする」

と応じる汀女を呆(あき)れ顔の女たちが見送った。

幹次郎から話を聞いた四郎兵衛は即座に、

「神守様、仰る通り、汀女先生を長屋に独りで残しておくのは危のうございます。吉原で過ごされたほうがいい」

と答え、仙右衛門も、

「そのほうが神守様も安心して働けますよ」

と同意した。

「だが、会所は男ばかりで無粋だ。番方、玉藻にな、座敷をひとつ用意しろと命じておくれ」

「承知しました」

番方が早速会所の隣の引手茶屋山口巴屋に出向き、この夜から汀女が寝泊まりすることを掛け合ってきた。

「汀女先生がうちで暮らすって。女将の玉藻は、私は大助かりですよ」

とふたつ返事で請け合ったとか。

吉原の内外に数多ある引手茶屋の中でも山口巴屋は格式、客筋、大見世との付き合いからいって文句なしに筆頭だ。

その大所帯を玉藻が切り盛りするのだ。どうしても客の応対に忙殺され、帳場仕事は後回しにされた。なにしろ父親の四郎兵衛は会所の用事に追い回され、本業に精を出す暇もない。

それに汀女はいつも手習い塾の帰りに山口巴屋に立ち寄り、玉藻と世間話をしながら文などの代筆をしていた。

玉藻にとっても汀女にとってもふたりだけの四方山話は息抜きだった。それに話の合間に文が書き上がるのだ、そんな調子だったから、玉藻は汀女の泊まりを大歓迎だという。

玉藻の返答を聞いた幹次郎は、汀女の身の回りの品が入った風呂敷包みを山口巴屋に届けた。

「神守様、汀女先生のお体、うちでたしかにお預かり致します」

と玉藻がにこにこ顔で請け合った。

「神守幹次郎様もご一緒にうちで寝泊まりされてはどうですか」

「そう、のんびりもしておられぬ。千影の初七日が過ぎたというのに仇も討っておらぬ。姉様だけお願い申そう」

幹次郎は一旦会所に戻り、七代目と番方に外出を断って大門を出た。まず幹次郎が足を向けたのは、下谷山崎町の津島傳兵衛道場だ。

昼前の刻限、朝稽古は終わろうとしていた。だが、師の傳兵衛はまだ見所に姿を見せていた。

「神守さん、本日はまた遅い刻限に参られたな」

と師範の花村が幹次郎を迎えた。

千影の事件以来、幹次郎は朝稽古を休んでいた。

「ちと先生にご報告がござる」

「ならばあちらへ」

幹次郎と花村は見所に行き、

「先生、なんぞ報告があると神守どのが参っておられます」

と告げた。

「このところ稽古を休まれたから、御用が多忙と思うておったがのう」

傳兵衛が幹次郎に視線を向けた。

「先生、過日、当道場に姿を見せた三人組の道場破りの近況をご存じでございますか」

「なんでも府内のいくつもの道場に現われ、そなたが始末した猿とは別の猿を使うて、道場破りを重ねているというではないか」

「それと別口の報告がございます」

幹次郎は遊女千影が人喰い猿に襲われて殺され、その騒ぎの最中に妓楼の帳場の銭箱から二百七十余両が盗まれたことを告げた。

「あやつら、武芸者の風上にも置けぬ者たちかな。なんの罪もなき女子にむごいことを」

傳兵衛が絶句し、その顔が憤りで朱に染まった。

「また昨夜もわが長屋に」

と猿が現われたと思える出来事を告げた。

「いよいよもって許し難き三人組かな」

「先生、われらもなにか策を立てて、あの者どもをひっ捕らえましょうぞ」

と傳兵衛に花村が対策を迫った。

「先生、師範、それがしが案ずるのはそこです。三人組がふたたび堂々と道場に姿を見せるとは考えられませぬ。ですが、門弟衆が道場の行き帰りに不意打ちを食らうことは大いに考えられます。無駄な犠牲を避けるためにできるだけ単独の行動を慎むよう、先生のお口からお伝え願えませぬか」

と幹次郎はその日の用件を伝えた。

「神守どの、あやつらの技量、なみなみならぬものがあるでな。それに人喰い猿も伴い、油断はならぬ。その事、門弟一同に早速通告致せ」

と幹次郎の願いを聞き入れて、師範の花村栄三郎に命じた。

二

馬喰町の一膳めし屋に身代わりの左吉を訪ねた。だが、この日、左吉の姿はいつもの席になかった。

「そのうちふらりと見えますって」

という小僧の竹松(たけまつ)の言葉を頼りに渋茶を何杯も飲んで待ったが、左吉の来る様子はなかった。

七つ(午後四時)過ぎまで待った幹次郎はなにがしかの茶代を置いて立ち上がった。

「なにも飲み食いしなかったんだから、こんなこと気にしないでいいんですよ。受け取ったら左吉さんに叱られます」

「左吉どのに話すほどの額ではないわ。飴でも買ってくれ」

「神守様は吉原の方ですってね」

小銭を嬉しそうに懐に仕舞いながら小僧の竹松が訊いてきた。

「いかにもそうだが」

「左吉さんが来たら吉原に知らせに参ります」

「そなた、吉原を承知か」

奥から捻り鉢巻の親方の虎次が出てきて、

「竹松め、近ごろ色気づきやがって、酔った馬方なんぞが話す女郎の話に耳を欹てていやがるんで」

と笑った。

「そうか、竹松どのも花魁に関心が出てきたか。大人になった証しであろう」

と答えた幹次郎が、

「虎次どの、そんなときは、駄目だ、まだ早いと遠ざけるよりはちゃんと教えたほうがよくはないか。必要とあらば竹松どのを使いに立ててくれ。それがしがちゃんと吉原の中を案内して進ぜよう」

「お侍、ほんとかい」

竹松が飛び上がらんばかりに喜んだが、

「下の毛が生え揃いもしねえのにこれだ」

と応じた虎次親方を見て急にしょげた。

「虎次親方、やはり駄目か」

「神守様の申される通り、こればっかりは禁じたところで、早晩大門前でうろつくことになりましょうなあ。だれもが覚えのあることだ」

自分の経験を思い出したか、

「身代わりの旦那が用事というんなら、竹松を差し向けよう。そんときは吉原の極楽と地獄をふたつとも教えてやってくんな」

と許しを与えた。

「親方、ご安心あれ。間違いなく吉原の手ほどきをして進ぜる。もっともそれがしが案内(あない)できるのは通りまでだな、一緒に楼には上がらぬぞ」

と幹次郎が釘を刺した。

「お侍、必ず左吉さんの使いに立つからね」

と張り切った竹松に見送られて一膳めし屋を出た。

幹次郎が大門前に戻りついたとき、七つ半（午後五時）になっていた。

昼見世が終わり、女郎衆は夜見世までの束の間の休みか、化粧に余念がない時間だった。

大門を潜ろうとすると五十間道の上から、
ぴゅっ
と音を立てて冷たい風が吹いてきて、幹次郎の項を撫でた。

季節が進み、風が北風へと変わっていた。それが幹次郎にあることを連想させた。

今年もまた酉の市(酉の祭)がやってくる、そのことだ。

吉原の裏手には鷲神社があって酉の祭で賑わいを見せる。

吉原は鷲神社の祭礼の日、ふだんは上げられたままの跳ね橋を下ろして鷲神社の祭礼の人々を往来させた。酉の市の宵、吉原はいつにも増して混雑した。男も女もぞろぞろとまるで吉原が鷲神社の参道であるかのように歩いた。

(まさか)

菊水三郎丸ら三人組が吉原になにかを仕掛けるとしたら、酉の市ではあるまいか、吉原会所も面番所も人込みの警備にてんてこ舞い、悪巧みを実行しようという連中の行動をつい見逃すことになる、そのことを思いついた幹次郎は慄然とした。

だが、菊水三郎丸も七縣堂骨鋒も鍬形精五郎も江戸の者ではない。

吉原の習わしを知るまい、幹次郎はそう思うことでこの思いつきを一旦胸に仕舞った。

会所の前に仙右衛門が立っていた。

「お戻りですか」

「津島道場では用事を済ませられたが、身代わりの左吉どのとは会えなかった」

と番方に報告した幹次郎は小僧の竹松が左吉の使いで会所に顔を出すかもしれないと告げ、そのときは使いが終わっても会所で待たせてほしいと頼んだ。

「なんぞ小僧に約束しましたかえ」

「竹松どのが吉原を知りたいというのでな、虎次親方の許しを得て仲之町から五丁町(ごちょうまち)の通りを案内すると約定がなっておるのだ」

「その心がけ、大事ですぜ、神守様。子供衆は先々吉原の客だ。任せておくんなせえ」

と胸を叩いた仙右衛門が、

「神守様にお呼び出しが来てますぜ」

と言った。

「ほう、どちらから」

「三浦屋の薄墨太夫からでさ。会所で薄墨に信用があるのは神守様だけだからねえ、わっしらにはなにも漏らしてくれません。汀女先生も承知のことだ、夜見世が始まっては話もできますまい。この足で三浦屋を訪ねてみなせえ」

と勧めた。

「なにっ、姉様まで通した話か」

と苦笑いした幹次郎は、夜見世を前にどこか弛緩した空気が漂う仲之町を、吉原一の大見世の三浦屋に向かった。

暖簾を潜った幹次郎に三浦屋の大番頭の鎌蔵が、

「うちの太夫を待たせるお方は天下広しといえども神守様、あなただけですよ」

「なにか、急用かのう。外出していたで太夫に迷惑をかけた」

「私どもも知らない用だ。直ぐに太夫の座敷に通ってくださいな。夜見世まで時の余裕がない」

幹次郎が刀を手に三浦屋の大階段を上がると遣手のおかねが、

「ようやくお出ましかえ」

と廊下を薄墨の座敷まで案内しながら上目遣いで言った。

「会所の侍、薄墨太夫を座敷で独り占めにするためにお大尽がどれほどの小判を積むか、知っておられような」

「戯言を申すな。吉原に関わりがあっても座敷の遊びには無縁のそれがしだ」

「懐に何百両を入れていようと嫌な客は嫌でありんすと断るのが花魁の見識だ。それができる数少ない薄墨太夫を、おまえ様はこの忙しい刻限に独占しようという話だ。心して座敷に通ってくださいよ」

「それがしにどうせよと、そなたは申されるのか」

「夜見世も迫っていらあ。用件が済んだら、さっさと会所に戻っておくれ。こっちはおまえ様に取られた暇、死にもの狂いで取り戻さなければならないんだからね」

遣手のおかねは忙しい刻限の訪問に苛立っていた。

「承知仕った」

大廊下から猫なで声に変えたおかねが、

「太夫、会所の侍がようやく姿を見せましたよ」

と言いかけた。

「お通ししてくんなまし」

涼やかな声が命じて、幹次郎は控え座敷の奥に通った。すでに夜見世の仕度をした薄墨は心を落ち着けるためか、茶を点てていた。

幹次郎は座敷の端に座すと、

「太夫、外出をしておって遅くなり申した。なんぞ御用でござろうか」

「遣手のおかねにあれこれと注意を受けて参られましたか」

と笑いながらも見事な所作で茶を点じ、その茶碗を幹次郎の前に差し出した。

「薄墨太夫の茶を喫しようとは当代の果報者にございます」

幹次郎は緊張のうちに茶を喫し、

「太夫、結構なお点前でございました」

と志野の赤絵茶碗を手にしたまま礼を述べた。

「千影様を殺めた猿、捕まりましたか」

薄墨は幹次郎とふたりで話すとき、色里の言葉を使うことをやめていた。

「初七日までには千影の仇をと動いて参りましたが、未だ」

「相手は分かっておるのですね」

幹次郎は首肯したが、話すべきかどうか迷った。

薄墨が幹次郎を呼び出したのには曰くがなければなるまい、それならば掻い摘んで話すべきと覚悟をつけた。

幹次郎は津島道場に姿を見せて以来の人喰い猿を連れた三人組の所業を薄墨に話して聞かせた。

「神守様、ようも薄墨に話してくれました」

幹次郎はその言葉にただ頷いた。

「その者たちの狙いはなんですか」

「それが分からずに困っております」

「寛永寺のご門主に関わりの者を誑かし、お山を塒に致すことを考えた者たちです。道場破りに参り、偶さか神守幹次郎様に勝負を挑んで敗れ、猿を殺められたからといってしつこく付け狙うとも思えませぬ。なにかよからぬ企みがあってとは思いませんか」

「いかにも太夫の申される通りです」

しばし小首を傾げて沈思した薄墨太夫のその宵の打掛の模様は、背から袖には狂い咲き中菊文様、そして、裾にかけては大菊が大輪を咲かせる様子が大胆な意匠の友禅染めで描き出されていた。そして、横兵庫の髷には鼈甲の笄が挿され、なぜか一輪梔子の花が添えられていた。

「汀女先生の周りにもその人喰い猿の片割れが出没したそうですね」

「はい。ただいまは山口巴屋様に身を寄せております」

薄墨はすでにそのことを承知の様子で幹次郎が頷くと、

「昨夜のことです。馴染様がお客を呼ばれ、この座敷で接待なされました。いくら神守様とて馴染様がだれか申し上げられませぬ。ですが、呼ばれたお客は田沼意次様の嫡孫意明様のご用人様でございました。全盛を極めた老中田沼意次、意知様の凋落に伴い、遠江相良藩五万七千石は収公され、意明様は陸奥下村藩一万石への都落ちを余儀なくされて、なんとか田沼家は存続を許されたそうな。このご用人も陸奥に行くことが命じられたばかり、そこで馴染が気落ちなされたご用人を慰めようと吉原で一夕接待をなされたのでございます」

薄墨は幹次郎がおぼろに脳裏に描き、一旦は封印していた危惧を思い出させてくれた。

「ご用人は酒にだいぶ酔われました。その折り、こたびの老中罷免と隠棲は田沼家に仇をなす者の仕業、意次様は黙って受け入れるわけには参らぬ、見ておれよと再三呟かれておりました。また江戸を騒乱の渦に巻き込んでもわが殿は幕閣に返り咲く所存などと漏らされてもおられました」

幹次郎は小さく頷いた。

「お馴染様は、薄墨、酒の上の戯言じゃぞ、とその場の客の醜態をとりなして
おられましたがな。千影様の非業の死を思うとこのまま聞き逃してよいことかと、
神守様にお伝えして、ご判断を仰ぎたかったのでございます」

薄墨太夫の用件とはこのことだった。

そのとき、廊下に人の気配がして、

「花魁、道中の刻限にございます」

とおかねの声がした。

「刻限のこと、わちきは承知でありんす」

と松の位の薄墨太夫は貫禄で命じると、

「なんぞ役に立ちますか」

と訊いた。

「太夫の親切、なんとしても役に立てる」

薄墨太夫が嫣然と幹次郎を見て、

「幹様、お助けを」

と立ち上がる手伝いを願った。

「承知した」

重い小袖を重ね、打掛をかけた薄墨の横手に幹次郎が片膝をついて控えた。すると薄墨が幹次郎の肩に手を添えて、ゆっくりと立ち上がり、幹次郎も片手を背に回して立ち上がるのを助けた。

「幹様、礼を申します」

薄墨の顔が幹次郎のほうに寄せられ、自らの唇で幹次郎の唇を塞(ふさ)いだ。

花の香が一瞬漂った。

幹次郎の肩に名残り惜しそうに手を残しながら花魁は座敷を出た。するとそこには遣手や番頭(ばんとう)新造が薄墨の出(で)を待ち受けていた。

幹次郎はしばらくその場に残った。

薄墨を先に見世から出すためだ。

間合を見た幹次郎は和泉守藤原兼定を手に三浦屋の大廊下にふたたび出ると、格子窓の間から薄墨太夫が花魁道中に加わったのが見えた。

太夫の視線が格子に流れ、きりりとした松の位の太夫の表情に変えた薄墨が仲之町の方角に視線を戻した。

鉄棒の音が響き、清掻（すががき）の調べが始まった。

梔子や　花魁の香り　そこはかと

幹次郎は大階段を下りながら、この句だけは姉様に披露できぬなと胸に封印した。

会所に戻ったとき、四郎兵衛と番方の仙右衛門が幹次郎の帰りを待ち受けていた。

「薄墨の用は済みましたか」

幹次郎は薄墨が伝えた話をふたりに告げた。

薄墨は幹次郎の口を通して七代目の四郎兵衛に伝わることは承知していた。口外無用の習わしを破って薄墨が幹次郎に座敷の話を告げたのは、千影の非業の死に関わることであり、その情報を生かして千影の仇を討ってくれるのは会所と神守幹次郎しかおらぬと考えてのことだ。

「ほう、あやつどもの背後に田沼意次様の影がちらついてございましたか」

「七代目、田沼の残党ども、先には松平定信様のご側室お香様に手出しを致したばかりでございます。それをしくじったとなると、江戸騒乱に狙いを変えましたかねえ」

仙右衛門が言う。

「松平様のご改革を騒乱に乗じて潰し、田沼復権を策すると本気でお考えなれば老中を務められていた田沼様の勘、いよいよもって狂われましたな。いや、狂気と妄執に取りつかれておられる」

と四郎兵衛が吐き捨てた。

「猿を伴った殺し屋どもが寛永寺円頓院御本坊に潜り込んでおるのも、田沼様の力を借り受けたと考えると得心がいく」

仙右衛門が言い、

「田沼様一族がどう錯乱し足掻かれようと、零れた水は盆には戻りますまい」

と幹次郎が応じた。

「だが、世の中には地面が吸った水を盆に返そうという輩もいるということでございますよ」

四郎兵衛が答え、

「七代目、薄墨太夫の座敷に呼ばれたご用人、ひっ捕らえますか」

と仙右衛門が提案した。

「番方、こやつ、酔って秘密を喋るような人間です、小物とみました。酒席で漏らした以上のことは知りますまい。だれぞ田沼一派が策する騒ぎの全容を知る者がおるとよいが」

「田沼様の周辺、探りますか。なんとしても猿を連れた連中を寛永寺から外へと誘き出しとうございますな」

「的が絞り切れぬ以上、地道な探索から始めるしかあるまいな」

と答えた四郎兵衛が幹次郎を見た。

「それがし、姉様を伴い、松平様の築地下屋敷にお香様を訪ねてみようかと存じますが、このこといかがです」

「松平定信様のお耳に入れておくと申されるので」

四郎兵衛が腕組みして思案し、

「元老中田沼様を封じるためにはただ今の老中のお力を借り受けるしかございますまい」

と結論を出した。

「神守様と汀女先生は陸奥白河からお香様をお連れしてきた大恩人、お腹のやや子見舞いに事寄せて訪ねていただけますか」

「明日にも築地の御屋敷を訪ねてみます」

と幹次郎は請け合った。

「頭取、番方、それともうひとつ、あの三人組がなにを考えて行動しておるか未だ定かではございませんが、千影を殺し、姉様の周りに現われたことから考えて、吉原を江戸騒乱のきっかけとするための下見とも考えられます。吉原内外の警戒、これまで以上に厳しく続けたほうがよかろうかと思われます」

「田沼様の周りの探索と吉原の警戒か、二手に分かれると手薄になるな」

四郎兵衛が困った顔をした。

「もし奴らが吉原で騒ぎを起こそうと考えているとしたら、その日は特定できると思いませぬか」

「奴らが騒ぎを起こす日が分かると申されますか、神守様」

と仙右衛門が問いかけた。

「私が奴らならば、酉の市の賑わいを利用します」

「そうか、そろそろ酉の祭が参るな。あの節、木枯らしが吹き、吉原は大勢の人でごった返すことになる。もしそのようなことを企んでいるとしたら、阻止の方策を立てるのがいよいよ難しい。事が起これば、大惨事間違いない」

険しい顔の四郎兵衛と仙右衛門が幹次郎を見た。

三

老中に就任した松平定信の築地下屋敷は、浜御殿の西側と東海道に挟まれ、二万五千坪の広々としたものだった。

翌日の午前、神守幹次郎と汀女の夫婦は、吉原の大門前を発った。むろんその日の朝、吉原会所から使いが行き、お香の都合を伺っていた。

お香からの返答は、

「神守様ご夫婦にはわが屋敷の門は昼夜の別なく開かれております」

というものであった。

その朝、幹次郎は山口巴屋の座敷で真新しい羽織袴を着せられ、汀女も幹次郎が初めて見る淡い渋茶色の江戸小紋にきりりと身を包んだ。

「おおっ、これなれば大身旗本家のご夫婦の貫禄にございますよ」

と見送る四郎兵衛が冗談を言ったほどだ。

大門前から辻駕籠を拾い、汀女を乗せ、幹次郎が傍らに寄り添った。その上、宗吉が背に風呂敷包みを負って従った。

風呂敷包みの中身は、玉藻らが用意した赤子のための産着や玩具などだ。風呂敷の上には斜めに鷲神社の熊手まで括りつけられていた。

四郎兵衛の命で熊手を扱う問屋から早めに仕入れてきたものだ。

「遅くなるようなれば迎えを出しますでな」

四郎兵衛の言葉に、

「日のあるうちにお暇致しますし、宗吉どのもおりますのでこちらはご心配なく」

幹次郎はそう返事を残して歩み出した。

土手八丁から浅草御蔵前通りを通り、浅草橋で神田川を渡り、馬喰町から小伝馬町、鉄砲町と進み、本石町二丁目と三丁目の辻で左に折れて、本石町十軒店から室町を通って日本橋に差しかかった。

駕籠は江戸でも一番人の往来が激しく、活況を呈する通りをひたすら築地を目指す。

駕籠には簾が下りていたが、汀女は行き交う人々や商家の様子を興味深く見ている様子であった。

「お香様の腹のやや子は無事お育ちであろうかな」

幹次郎が汀女に訊いた。

「春先にはお元気なお子が誕生致しますよ」

と汀女が自信たっぷりに答えた。

「姉様、そなた、お香様と文を交わしておられるか」

「江戸に落ち着かれたあと、お香様の使いが見えて文を届けられました。そこで私もご返書申し上げ、それを機会に女だけの文のやり取りをしております」

「天下の老中のお屋敷に側室を訪ねるのは、いささか緊張するものよと体を硬くしていたが、この面会、姉様に任せておけばよいか」

「なにを申されます。幹どのがこたびの正使ですぞ」

と年上の女房が幹次郎を鼓舞した。

辻駕籠はいつしか大店の老舗が軒を連ねる通町、中橋広小路、南伝馬町、新両替町、尾張町の辻、竹川町、出雲町を抜けて、芝口橋に差しかかっていた。

もはや陸奥白河藩のお屋敷は直ぐそこだ。

神守幹次郎一行が松平家の築地の下屋敷に到着したのは八つ（午後二時）前の刻限か。

幹次郎が訪(おとな)いの趣旨を伝えると門番が、

「神守様にございますな。お聞きしております」

と早速玄関番の若侍に通し、しばらく待たされたあと、辻駕籠は玄関先まで通ることを許された。

式台(しきだい)には下屋敷のご用人が出迎え、宗吉と駕籠舁(か)きらを残し、幹次郎と汀女は内玄関から廊下へと招(しょう)じ上げられ、奥座敷へと案内された。

宗吉が担いできた荷は幹次郎が提げていた。

久しぶりに顔を合わせるお香は、江戸に戻りさらに貫禄をつけた様子で、穏やかな日差しが落ちる庭を見渡す座敷で脇息(きょうそく)にもたれてふたりを待ち受けていた。

幹次郎と汀女は廊下に座し、お香の顔を拝した。

「お香様、一別(いちべつ)以来にございます。ご壮健の様子なによりの慶賀、われら夫婦お喜び申し上げます」

「神守様、汀女先生、そのような固苦しい挨拶は抜きにしてください。どうか、座敷に入られ、お香におふたりのお顔を見せてください」

と再三の招きにふたりは座敷に入った。

「神守様、汀女先生、お香は江戸に戻り、なに差支えない暮らしをさせてもろうておりますが、ただひとつ、おふたりと存分に話せぬことが残念なことでした。本日はお香の念願が叶いました。遠慮は抜きにして、あれこれ話を聞かせてください」

と願われた。

汀女がまず、

「お香様、お腹のやや子はすこやかに成育なされておりましょうな」

とそのことを案じた。

「汀女先生、お陰さまで元気すぎて、お香のお腹でときに暴れ回っております。その様子を知られた殿様が、男子かのうと仰せになっておられます」

「いえ、お香様のふっくらと穏やかなお顔を拝見するに、汀女は愛らしいお姫様と推量致しましたがな」

「おや、汀女先生も娘とお思いですか。お香もなんとのうそう察しております」

互いに言葉をかけ合えば久しぶりに面会する緊張は解けた。

お香ほど運命に翻弄された女性もない。

松平定信の国許、陸奥白河から敵の追及を躱しつつ、江戸への旅をしてきた道中が三人の脳裏に、
ふうっ
と浮かんだ。

松平定信は八代将軍吉宗の孫として、また歌人にして国学者の田安宗武の七男として江戸屋敷に生まれていた。父の才を引き継いだか、幼少のころより神童の誉れ高く、先の将軍家治が若き定信にかける期待は大だったという。だが、十七歳の定信は突如陸奥白河藩主松平定邦と養子縁組を結ばされ、江戸から遠ざけられた。

この松平家との養子縁組の背後には定信の英邁を恐れた田沼意次の意向が強く働いていたと推測された。定信は家治の後を受けて将軍位に昇る可能性があったからだ。

賄賂が横行し、銭出せ金出せとまいまいつぶれも鳴いたと噂された田沼時代、意次が一番恐れた人物が定信ともいえた。

天明三年（一七八三）、白河藩主になった定信は陸奥地方を見舞った飢饉（ききん）に対し、藩主以下領民まで質素倹約を徹底させ、さらに上方（かみがた）からの買米（かいまい）で乗り切り、藩政改革の糸口を摑んだ。

白河での仁政（じんせい）と改革が江戸に伝わり、田沼時代の終焉（しゅうえん）を受けて、松平定信が三十歳という若さで老中に就任し、寛政の改革に着手した。

田沼父子は暗殺されたり失脚したりしたが、賂（まいない）に慣れた残党が幕閣に未だ多数残っている中での幕政改革の船出であった。

遡（さかのぼ）って安永五年（一七七六）夏、吉原は白河に入った定信にひとつの贈り物をしていた。

松葉屋の禿、蕾（つぼみ）という名の十二歳の娘だった。

蕾は本名佐野村（さのむら）香といい、御儒者衆（ごじゅしゃしゅう）佐野村家の娘であった。田安家とも佐野村家は交際があり、幼きお香は父親に連れられてしばしば田安家を訪ね、七つ年上の定信にも可愛がられていた。

だが、佐野村家を不幸が見舞う。

田安家と親しく交わりを持つ佐野村家を警戒した田沼意次の意向で佐野村家はあるかなしかの失態を咎められ、断絶に追い込まれた。

美貌の少女として知られたお香を、末は喜瀬川太夫か高尾太夫との期待を込めて松葉屋が買い取った。

だが、松平定信とお香の交際を承知していた吉原会所は、松葉屋の主丹右衛門を説き伏せて、白河に遠ざけられた定信の許に禿の蕾からお香に戻った娘を贈ったのだ。

以来、十一年の歳月が流れ、お香は定信の側室ながら、

「国許の奥方」

と呼ばれてきた。

そんな中、田沼意次時代の復権を夢見る残党が定信の弱点ともいえる白河のお香に目をつけ、拉致しようと画策した。それを知った吉原では神守幹次郎、汀女、番方の仙右衛門らを白河まで派遣して、身重のお香を無事江戸に連れ戻したのだ。

面会したお香にも汀女にも幹次郎にも、敵襲を避けつつ苦難の旅を共にしてきた記憶が今や懐かしかった。

三人は玉藻が用意した神田鍛冶町の菓子舗丸屋播磨の求肥を食しながら、旅の思い出からただ今の吉原の様子などを話し合った。

丸屋播磨の求肥は蕾時代のお香が大好きだった甘味だということを、玉藻が松

葉屋で聞き出し、使いを走らせて取り寄せたものだった。

「この風味を味わうのは十何年ぶりのことでしょう。偶さかお買い求めになったものですか」

汀女が顔を横に振り、

「引手茶屋の女将玉藻様が松葉屋で聞き出してこられたのです」

「まあ」

と驚きながらも、

「吉原ではそこまでお香のことを気に留めてくれますのか」

「お香様と吉原の関わりは格別でございます」

「いかにもさようです」

と答えるお香は、佐野村家がいかに断絶の憂き目に遭ったかをすべて承知していた。

そのお香が、

「神守様、汀女先生、本日はなにごとかこのお香に用があったのではございませぬか」

四方山話が途切れたとき、お香が自ら話を向けた。

いつの間にか釣瓶落としの秋の夕暮れが屋敷の庭に忍び寄ろうとしていた。

「煩わしきことをお香様のお耳に入れるのは恐縮千万とは存じましたが、お香様のお口から定信様に伝えていただきたきことがございまして、かく参上致しました」

と幹次郎が威儀を正し、言葉を改めた。

「神守様、それはおふたりのご意向ですか。それとも吉原会所に頼まれてのことにございますか」

「お香様、わが夫婦の頼みではございません」

「吉原がのう」

と呟いたお香が、

「神守様、政に関わる話は一切殿に取り次ぐまいとお香はお傍にお仕えしたときから肝に銘じて参りました」

汀女も幹次郎もその言葉に自らの迂闊さを悔いた。白河から命がけの旅をしてきた仲ゆえと甘えを持った自分たちが恥ずかしくなった。

「お香様、われら、なんという増上慢でございましたか。どうか、それがしが申し述べた願いお忘れくださ い。またお許しのほど、お願い申します」

と幹次郎も汀女もその場に平伏した。

お香がぽんぽんと手を叩き、侍女を呼ぶと、なにごとか命じた。

幹次郎は退室の刻限と悟った。

「ついお香様のもてなしに長居をしてしまいました。われら、これにて失礼を致します」

幹次郎が頭を上げようとしたとき、廊下に足音が響いた。

ご用人が玄関まで案内するために呼ばれたか。

幹次郎も汀女も未だ顔を伏せたままだった。

足音は廊下で止まらず、障子が勢いよく開かれると、

「お香、命の恩人に酒も供しておらぬのか」

と男の声が響いた。

はっ
と幹次郎は平伏したまま、声の主の正体に思い至った。

「神守幹次郎、汀女、面を上げよ」

「はっ」

「それでは話もできまい」

幹次郎は覚悟をして顔を上げた。するとお香の傍らで笑みを浮かべた老中松平定信が幹次郎と汀女を見ていた。

「神守、汀女、先の道中ご苦労であったな。お陰でお香と江戸で再会できたぞ。そなたらに会い、礼を言いたいと思うておったが、多忙な日々につい欠礼致した。許せ」

「殿様、滅相もござりませぬ。お香様を白河から江戸にお連れするのはわれらが務めにございました」

「そなた、豊後岡藩の家臣であったそうな」

「はっ」

とただ答えるしか術はない。

「神守、そなた、他人の女房になった汀女の手を引いて脱藩したそうじゃな」

「幼馴染でございますれば」

「幼馴染のう、お香と定信の間柄と似ておるな」

「恐れながら比べようもございませぬ。それがし、その道しか一緒になる術はございませなんだ」

「ふーむ」

「妻仇と呼ばれて何年も何年も追っ手に追われる旅の末に吉原に救われたわれらです。お香様を江戸にお連れするのも務めのひとつにございます」

「うーむ」

と頷いた定信が、

「今宵、予に伝えたきことがあるそうな、申してみよ」

お香は自らの口を通さず定信へ直に伝える算段を整えてくれたのだ。

「有難き幸せにございます」

幹次郎は人喰い猿を伴った三人の武芸者が下谷山崎町の津島傳兵衛道場に姿を見せた経緯から、その者たちが江戸で重ねた所業の数々、さらにはただ今三人が江戸で寝泊まりしている場所が、東叡山寛永寺円頓院御本坊であることなどを告げた。

定信は真剣な顔で聞いていたが、

「そやつらの背後に田沼意次どの一派の残党が控えておると吉原会所は見ておるのか」

と問い直した。

「無頼の武芸者が寛永寺に入り込むにはどのような手を使えば宜しいのでござい

ましょうか」

「うーむ」

英邁を謳われた定信が思案した。

「吉原会所は、三人組が江戸騒乱を企てているのではないか、そのために江戸入りしたのではないかと案じておるのでございます」

「江戸騒乱は予が主導する改革を頓挫させるためか」

「いかにもさようかと心得ます。田沼様は未だ復権の夢を捨て切れておいでではない。お香様に向けられた刺客の刃をはじめ、繰り返される残党の暗躍で証明されておりましょう」

「いかにものう」

と沈思した定信が、

「略政治に幕閣は悉く汚染されておってな、なかなか定信の申すことを聞こうとはせぬ。その上、外でかような動きが生じておるか」

と嘆いた定信が、

「吉原会所はこの定信になにをせよと申すか」

「わが主四郎兵衛は、この一件定信様のお耳にお入れ申し、ご判断を仰ぐことが大事と考えております」

「予の判断か」

「はい」

「神守、そのほうの考えはどうか」

「ご多忙な老中松平様に多くの頼みを申し上げるのは恐縮にございます。ひとつだけ、三人組を寛永寺の宿坊から放逐する手立てを講じていただけませぬか」

「外に出した三人組と人喰い猿をどうするな、神守」

「それがし、一命に替えても討ち果たします」

「それで江戸騒乱が阻止できるか」

「田沼一派の残党がなにを考えておるか未だ不分明にございますれば、なんともお答えしようがございません」

定信は瞑目したあと、直ぐに聡明そうな両目を見開いた。

「よし。早々に寛永寺から三人組を出す。神守、即刻討ち果たせ」

「はっ」

「神守、この話、吉原会所だけではどうにもならぬ。そなた、この騒ぎが一段落するまで定信にそなたらが探り得た情報を逐次伝えよ」

「定信様が率先して田沼様の企てを潰すと申されますので」

「田沼色を幕閣からも世間からも一掃せぬかぎり、定信が始めた幕政改革は成ったとは申せまい。この一件に関して、定信と吉原会所は連携して動くと四郎兵衛に伝えよ」

「承知仕りました」

神守幹次郎と汀女に酒と夕餉が供され、松平邸を夫婦があとにしたのはなんと五つ（午後八時）の刻限だった。

四

東海道に出た一行はひたひたと吉原を目指す。

「待たせたな、腹も減ったであろう」

幹次郎は宗吉と駕籠舁きに詫びた。

「神守様、私らにまで膳を供され、夕餉を馳走になりましたので」

「ほう」

大身旗本や大名家で供の者にまで膳を供する屋敷など珍しい。白河城下で苦労してきたお香の考えが下々まで達してのことであろうかと幹次郎は推察した。

「天下の老中屋敷で膳を出されたと吉原に戻って自慢になりまさあ」

と駕籠舁きの先棒が話に加わり、

「いえ、ここだけの話というのはよく分かってますって。宗吉さんからしばらくお屋敷行きの一件は忘れてくれと命じられておりますからな、他所で漏らすことは決してございません」

と慌てて付け加えた。

会所出入りの駕籠勢の駕籠だ。内密にしろと命じられれば口を閉ざす術を承知の者だけが、会所の御用を命じられていた。

東海道から日本橋を渡り、室町、本石町から小伝馬町、馬喰町と旅籠町を抜けたとき、五つ半を過ぎていた。神田川に架かる浅草橋を渡り、長い大通り浅草御蔵前通りに入った。札差が軒を連ねる通りの両側は大戸を下ろし、人の往来も少なくなっていた。

一行の行く手から冷たい風が吹きつけてきて、宗吉が思わず首を竦めた。

広小路の辻を過ぎて駕籠舁きが、

「寺町を抜けてようござんすか」

と幹次郎に許しを乞うた。正面から吹きつける北風が段々と強さを増し、それを避けようとしてのことだ。

「構わぬ」

幹次郎が許しを与え、真っ直ぐに今戸橋まで行く道を取らず、花川戸町から寺町へ曲がった。すると寺の塀で風は遮られた。

浅草寺寺中が続く道を土手八丁まで粛々と向かう。

風に乗って吉原のざわめきがかすかに伝わってきて、幹次郎らに馴染の遊里に戻ってきたことを実感させた。

そのせいで気を抜いたわけではないが、寺中の真ん中に差しかかりようやく幹次郎は異変に気づいた。駕籠の前後を挟まれていた。左右は寺の築地塀だ、逃げ道はない。

「宗吉どの、尾行がついておる」

「縄張り内でございます」

若いながらその肝っ玉を四郎兵衛に見込まれ、山口巴屋の奉公人から会所の長半纏を着ることを許された宗吉が辺りを見回した。

「お山を下りてきた野郎どもで」

「三人よりは人数が多いな」

幹次郎はそう答えながら土手八丁までは進むことはできぬと、包囲の輪との距離を計算した。

「駕籠屋どの、姉様の駕籠をな、あの常夜灯の下で停めなされ」

四郎兵衛会所出入りの駕籠勢の面々も肝が据わっていた。

誠心院の門前を照らす常夜灯の灯りの下、築地塀を背後に駕籠を停めた。宗吉が懐に片手を突っ込んだ。隠し持った匕首に手を掛け、駕籠舁きふたりは息杖を構えた。

誠心院の正面には百観音で有名な泉凌院があって、その門前には大銀杏の木が聳えて、木の下には銀杏の実が落ちていた。

「なにがあっても駕籠を離れるでないぞ」

三人に命じた。

「へえ」

「合点でさあ」

と答える宗吉と駕籠舁きの声に動揺はない。なにしろ吉原はもう直ぐ先だという安心感がそうさせていた。

幹次郎は駕籠の前に立って包囲の者たちが姿を見せるのを静かに待った。

深い静寂が辺りを包み、虫の鳴く声だけがかすかに響いている。

「幹どの、勘違いではございませぬか」

と駕籠の中から汀女が声をかけた。

「いや、挟まれておる」

幹次郎が応じたとき、団扇太鼓の音が低く響いてきた。さらに寺町小路の一角に大きな灯りがひとつ点った。

紙で造った造花に飾られた万灯が浮かんで、それがひたひたと幹次郎らの許へと寄せてきた。それは小路の反対側にももうひとつ浮かんだ。

「浄心寺の御影供の方々のようです、神守様」

と宗吉が呟いた。

浄心寺は法苑山と号し、本尊は十界大曼荼羅である。創立は万治元年（一六五八）、開基は浄心尼であった。

この浄心尼は小堀遠州政一の妾にして四代将軍徳川家綱の乳母を務めた人物だ。明暦二年（一六五六）に浄心尼が没したあと、家綱に葛西川村に寺領百石、境内地一万坪を与えられて大寺院になっていた。

「いや、法華宗の宗徒を騙る者たちじゃな」

ふたつの万灯の背後から姿を見せた者たちがいた。

団扇太鼓を低く打ち鳴らす一統は饅頭の形をした網代笠を被り、白衣を着て、ひたひたと輪を縮めてきた。

「寒修行の者とも思えぬな」

ふたつの万灯が合体してひとつになり、幹次郎らを半円に囲んだ網代笠の数は二十以上か。

「芸あらば披露せえ」

幹次郎が叫びつつ、藤原兼定を抜き、頭上に立てた。

白衣の集団の陰からひとりの紅衣の者が姿を見せた。この者の手に団扇太鼓はなく、六尺ほどの棒を立てていた。

幹次郎の五感を損ねるように低く響いていた団扇太鼓がいきなり高鳴り、ふいにやんだ。

「何奴か」

「黄泉への案内人、柘植おせんとその一統」

「銭で雇われたか」

「神守幹次郎、そなたらの命もらい受けた」

網代笠が脱がれ、それが片手に持たれ、坊主頭が現われた。どの顔も目尻が吊り上がった顔立ちで死の気配を漂わせていた。だが、紅衣の女頭領柘植おせんは網代笠を被ったままだ。

白衣の集団が手にした網代笠が虚空高く放り上げられた。その笠の縁に沿って刃が丸く植え込まれているのを幹次郎は見ていた。

虚空を自在に回転しながら飛翔する網代笠が、大銀杏の黄色の葉や枝に当たって、
すぱすぱ
と切り放ち、それがぱらぱらと幹次郎の足元に落ちてきた。

「宗吉、駕籠屋どの、姿勢を低くなされよ」

と三人に命じた幹次郎は網代笠の動きを目で追った。ばらばらの軌道を描いていた二十数個の網代笠が夜空の一点に集まろうとしていた。

それを確かめた幹次郎の口から怪鳥の鳴き声にも似た叫びが漏れて、辺りの空気を震わした。

「けえぇっ！」

幹次郎の五体が虚空へと飛翔した。

薩摩示現流を修行した者のみが秘めた驚異の跳躍力だ。

夜気がびりびりと鳴り、一点に集まろうとした網代笠の動きを乱した。

その隙に幹次郎の体は網代笠と同じ高みに達し、さらに頭上に構えられていた和泉守藤原兼定が大きく回され、峰が背を激しく叩いた。

ちぇーすと！

の叫び声が響き渡った。

兼定が一条の光に変じた。

一方、網代笠もようやく一点に集まり、回転する強大な円刃に化していた。それが幹次郎に向けて動き出そうとした瞬間、藤原兼定が描き出す一条の光が円刃の核心を鋭く叩いた。

巨大な回転する丸い凶器が、
ばさり
と音を立てて真っぷたつに斬り割られ、ばらばらに戻ると網代笠を投げ上げた柘植一統それぞれに戻っていった。

いや、ひとつの巨大な網代笠は最初の二十数個が倍の四十数個の凶器と化して、柘植一統を襲っていた。それも円の笠ではない、半月に切り割られた笠だ。そのせいで軌道が狂い、網代笠の持ち主にさえ摑み切れなかった。

「伏せよ！」

と紅衣の柘植おせんが叫んだが、その命が間に合ったのは半数にも満たなかった。

半円となった笠が不規則な軌道を描いて持ち主の首筋を掻き切り、胸に突き立ってばたばたと倒していった。

ふたつの万灯の灯りも消え、常夜灯だけの寺町小路に戻っていた。

幹次郎が、

ふわり

と地上に降り立った。

柘植おせんの正面だ。

間合は二間。

おせんが、

「おのれ！」

と吐き捨てると六尺の棒を虚空で振った。すると棒の先から一尺五寸（約四十五センチ)ほどの両刃が現われ、刃が常夜灯に煌いた。

幹次郎は兼定を正眼へと構え直した。

「柘植おせんとやら、傷ついた仲間を連れて消えよ、今ならさし許す」

「吐かせ!」

とおせんが叫んだとき、土手八丁の方角からばたばたと足音が響き、吉原会所の文字が入った提灯の灯りが浮かんだ。

「御免色里の縄張り内で騒ぎを起こすのは何者か」

仙右衛門の叫ぶ声が響いて、女頭領柘植おせんが、

「退却じゃぞ」

と命じ、立っている連中が倒された仲間を引きずり、あっという間に闇に没し、消えた。

「神守様、ご無事で」

「よう気づかれたな」

「水道尻の火の見に上がっていた番太のいたちがこの界隈に異様な暗雲が漂い、その下で灯りが漏れているのを見て、会所に注進してくれたんでさあ」

「助かった」

「やはりお山に籠る三人組だけではございませんでしたな」

「われらが松平様のお屋敷を訪ねたことを気にする御仁の策であろうな」

「まずは廓内に戻りますぜ」

汀女が乗った辻駕籠を会所の面々と幹次郎らが囲んで、寺町小路から土手八丁に上がり、吉原に急ぐ遊客の駕籠と競走するように五十間道から大門前に到着した。

大門前は閉門の引け四つ前に駆け込もうとする客でごった返していた。

「姉様、着きましたぞ」

汀女を駕籠から下ろすと、半日を一緒した駕籠舁きに幹次郎がなにがしかの酒手を渡した。

「神守様、頂戴します」

吉原会所の御用に慣れた先棒が素直に受け取り、

「大変面白い一日でございましたよ」

と言い残すと五十間道裏の駕籠勢へと戻っていった。

山口巴屋は未だ煌々と灯りを点し、妓楼から戻ってきた客を迎えて、軽く一盞を傾けている様子が窺えた。

町奉行所の支配下にある官許の色里吉原の正式な閉門の刻限は四つだ。だが、この四つ、世間の四つとは違い、仕掛けがあった。夜半九つ近くまで四つの拍子木を打つことを待ち、九つになると、

「引け四つでござい！」

と廓内のあちらこちらから吉原だけの四つを知らせる拍子木の音が響いた。そして、その後、直ぐに九つの時が告げられた。これで吉原は一刻（二時間）ほど長く商いを続けることができた。むろんこの一刻お目溢しのために莫大な金子が町奉行所と幕閣のあちらこちらに届けられていた。

そんな刻限だ。

「幹どの、私も裏口へ回ります」

汀女が引手茶屋の商い中に表から出入りすることを遠慮して、幹次郎と一緒に路地裏を通り、山口巴屋の台所に入った。すると玉藻が、

「汀女先生、神守様、ご苦労様にございました」

と老中松平家の下屋敷に側室お香を訪ねたことを労った。

「遅くなりました。四郎兵衛様はどちらかな」

幹次郎が訊くと玉藻が、

「最前外から戻って参りましてな、ただ今湯に浸かっております。神守様もいかがですか」

と勧めた。

「おひとりで湯を楽しんでおられるところに迷惑でござろう」

四郎兵衛はなにか思案するとき、独り湯船に浸かることを幹次郎は承知していた。

「七代目は長湯でございますし、湯の中なれば話も外には漏れませんよ」

と玉藻が言い、四郎兵衛の意向を訊きに湯殿に行った。そして、直ぐに戻ってくると、

「神守様、どうぞ」

と四郎兵衛の意向を伝えた。

そうなれば躊躇することは許されない。直ちに山口巴屋の広々とした湯殿に向かった。七軒茶屋の筆頭の引手茶屋の湯殿は腕のよい大工と湯船職人の手になったもので、渋好みに造られていた。

四郎兵衛は湯船に首まで浸かって両眼を閉ざしていた。

「ご苦労にございました。お香様と話が弾んだようにございますな」

と目を見開いた四郎兵衛が労った。

「はい、お香様の心遣いとおもてなしについ暇を告げるのが遅くなりました」

幹次郎は掛かり湯で体の穢れをざっと洗い流すと、静かに湯船に浸かった。すると、
ざあっ
と湯が零れた。それが静まるのを待って四郎兵衛が訊いた。

「お香様に、吉原の意をお聞き届けいただきましたかな」

「四郎兵衛様、お香様には政には一切口を出しませぬと断られました」

うーむ
と唸った四郎兵衛が、

「昔の誼でお香様に頼ったはしくじりであったか」

と両目を閉じた。しばし瞑想した四郎兵衛が、

「神守様はお香様の心遣いとおもてなしと申されましたな。白河から江戸への道中の礼にございましたか」

と幹次郎に念を押した。

「さに非ず」

「と申されますと」

「お香様のお口を通すことなく吉原会所の願い、松平定信様直々に申し上げました」

「な、なんと申されましたな。神守様ご夫婦は老中松平定信様にお目にかかったと申されますか」

四郎兵衛が驚愕して立ち上がり、幹次郎は湯船の中で頷いた。

「驚きいった次第かな」

「お香様の手配りで松平定信様が下屋敷にお立ち寄りになられ、恐れながら定信様に直にお話しすることができました」

「なんと神守様ご夫婦ならではの大技にございますぞ」

と答えた四郎兵衛が、ふたたび湯船に身を浸けた。

「やはり神守幹次郎様と汀女先生に白河まで出張ってもらい、お香様を江戸まで無事お連れした功績が利きましたな」

と自ら打った布石に得心するように首肯した。

「して定信様のお返事はいかがでしたか」

「江戸を騒乱に引き入れようという企み、それが田沼一派残党であれだれであれ許し難し。この一件、定信と吉原は一心同体で動くと申されました」

「ならば早晩、羅刹と申す人喰い猿を連れた三人組、寛永寺円頓院の御本坊から放逐されましょうな。神守様、その機会を失ってはなりませぬぞ」

と四郎兵衛が千影の仇を討つことを改めて命じた。

「おそらく定信様が動かれるのが明日の城中、動きがあるとすれば夕刻でございましょうか」

「早くてその刻限でしょうな」

「四郎兵衛様、田沼父子一派の残党、三人組の他に柘植おせんなる女頭領の率いる一味を動かしておるかと存じます」

幹次郎は寺町小路の騒ぎを告げた。

「ほう、そのような者たちもな。酉の市の宵に騒ぎを起こすにしても三人組と猿だけではちと手薄と敵方のことながら考えておりました。とうとう姿を見せましたか」

「未だわれらが知らざる一味を秘匿しておるやもしれませぬ。酉の市までの半月余りが勝負にございますな」

「いかにもさよう」

と答えた四郎兵衛が、

「神守様、ご苦労にございました」

と改めて礼を述べた。

第四章　裏見世の悲劇

一

官許の色里吉原の西隣に法華宗長國寺があり、その境内に鷲大明神があった。ご神体は鷲の背に釈迦如来が立った像だといわれ、この釈迦如来、運命守護の神として例年十一月の酉の日には多くの参詣客を集めた。

この日、神守幹次郎と汀女は鷲神社の境内を見物に行った。もし酉の祭に事が起きれば鷲神社から吉原までが舞台になると考えられた。ならばと鷲神社参りを口実に下見に行ったのだ。

境内の庭木に職人が入り、松には雪吊が施されていた。鳶の親方や香具師らが参道のショバ割りをしているのも祭りが近づいていることを知らせた。

ふたりは拝殿の前で作法通り拝礼し、

「今年の酉の祭が無事済みますように」

と釈迦如来に願った。

「幹どの、田沼様の残党、動きますかな」

「さてな、定信様方の改革を潰すようなことだけは許せぬ」

と幹次郎は答えながら、寛永寺円頓院御本坊に峙を求めた菊水三郎丸、七縣堂骨鋒、鍬形精五郎の三剣客と人喰い猿の羅刹がそろそろ山を追われてもよい頃合だが、と考えていた。

上野のお山は番方の仙右衛門に指揮された若い衆が見張っていた。だが、広大な寺領だけに動きが摑めなかった。

三人がお山を下りたのが確認されれば直ぐにも幹次郎に連絡が入り、四郎兵衛会所の力を総動員して、千影の仇を討つ手筈になっていた。

だが、その知らせは届かなかった。

ふたりは鷲神社の鳥居を出ると吉原の裏手を回り、浅草田圃へと回り込んだ。

久しく左兵衛長屋に戻っていない。ふたりは日があるうちに長屋の様子を見てこようと話し合い、会所の許しも得ていた。

浅草溜を横目に浅草田圃から長屋のある田町へと回り込んだ。

「おや、ご夫婦で戻ってきたのかえ」

「御用が終わったんだねえ」

長屋の住人が井戸端から声をかけてきた。左兵衛長屋は吉原会所の家作の一軒だ。住人も吉原に関わりがある者ばかりだ。

神守夫婦が会所のために陰働きしていることは承知していたから、その行動を気にした。

「いえ、おかよさん、まだ御用は終わりませぬ。ですが、長屋を随分空けておりますので見に参りました」

「ときにさ、表戸からだけど風を入れているよ」

と女衆が言い、汀女が、

「ご面倒をかけます」

と頭を下げていた。

幹次郎は戸を開いた。すると上がり框に結び文が置かれてあるのが見えた。

(だれからか)

幹次郎が文を解くと浅草寺門前の研ぎ師一文字段平から研ぎに出していた刀が

仕上がったという知らせだった。

豊後岡藩を抜けるとき、家から唯一持ち出したのがこの無銘の剣だった。

先祖が戦（いくさ）に出て相手の騎馬武者を倒した記念に奪ってきたという剣は刃渡り二尺七寸（約八十二センチ）の豪剣だった。江戸に出た当初、研ぎ師に手入れを頼んだところ、

「豊後国の鍛冶行平（ゆきひら）と見ましたがな」

と推測した。

「取りに参らねばなるまいな」

という幹次郎の呟きを、

「だれぞから呼び出しですか」

敷居を跨いだ汀女が訊いた。

「なあに研ぎ師からだ」

「この足で引き取りに参られませ。私なればひとりで吉原に戻れます」

「まず長屋に風を入れていこうか」

ふたりして二階長屋の戸をすべて開け放ち、淀んだ空気を入れ替えた。また夜具に日を当てたりしていると、

「神守様、長屋に戻っておられましたか」

という長吉の声がした。

「御用か」

幹次郎は寛永寺に動きがあったかと振り向くと、長吉の後ろから馬喰町の一膳めし屋の小僧竹松が顔を覗かせた。

「おや、竹松どのか」

ほっとした表情の竹松が、

「神守様、吉原に行けば分かると言ったからさ、大門を潜ってたらさ、いきなり岡っ引きにとっ捕まってさ。この餓鬼は色気づきやがって、中に入るのはまだ早いと怒鳴られてさ、危うく放り出されそうになったんだよ」

と口を尖らせて訴えた。長吉が傍らから苦笑いしながら、

「面番所の御用聞きに捕まってさ、おれは会所のお侍に用事だと怒鳴っている小僧さんをわっしが見つけて引き取ってきたというわけでさ。会所と面番所をとっ違えて、面番所に飛び込んだらしい。事情を訊いたら、神守様への使いというから急いで鷲神社に回ったんだが、鳶の親方にもうお参りを済ませて帰られたと聞いてこっちを訪ねたってわけです」

と事情を説明した。

「竹松どの、とんだ災難だったな。よいか、吉原の会所は大門潜って右側だ」

「おかしいな、親方がよ、竹松、箸を持つほうだと教えてくれたんだがな」

と竹松が茶碗と箸を持つ恰好をしてみせた。

「そなた、左利きではないか」

「あっ、忘れていたよ。おれ、親方に箸くらいちゃんと持てっていつも叱られるんだ」

と竹松が間違いに気づいて頭を搔いた。

「使いの口上を聞こう」

「左吉さんがさ、最前姿を見せてさ、神守様にお目にかかりたいと伝えろと言づけを残していったんだ」

「店に行けばよいのか」

「いいや、下谷の御成門(おなりもん)の高札場で七つ過ぎに会いたいと言い残してまたどこかへ行っちまったぜ」

「相分かった。ご苦労であったな」

幹次郎はなにがしか小遣いを与えようと懐から財布を出した。するとそれを見

ていた竹松が、

「神守様、小遣いなんぞはどうでもいいんだよ」

となにか言いたそうな顔をした。

「使い賃はいらぬか」

と答えながら、幹次郎は竹松との約束を思い出した。

「そうか、廓内を案内すると約束したのであったな」

長吉と汀女に竹松の望みが吉原見物であることを告げた。

「小僧さん、吉原が知りたい一心で使いに来たのかえ」

竹松が汀女の顔を盗み見しながらも、長吉の問いにこっくりと頷いた。

「神守様、どうなされますな」

「吉原を知るにはちと歳が足りぬかもしれぬが、約定は約定だ。だが、左吉どのの呼び出しもある。その刻限にはちと早いが刀が研ぎ上がったと知らせも投げ込まれてあった。それがし、そちらに立ち寄り、吉原を回って、下谷の高札場に参ろうかと思う」

「幹どの、御用が先です」

と汀女が気にした。

「竹松さんの案内役は私が務めます」

と汀女が請け合った。

汀女を知らぬ竹松が幹次郎と汀女の顔を交互に見て、だれだという顔をした。

「竹松どの、それがしの女房だ。吉原の遊女に手習いを教えておるで、花魁にも会わせてもらえるかもしれんぞ」

「神守様、吉原見物に女の手を借りるのか」

「そなたの若さでは致し方あるまい。ひとりで参るとまた面番所にとっ捕まるぞ」

と竹松に因果（いんが）を含めた。

「神守様、そろそろ昼見世が始まる刻限でさあ。汀女先生の案内で吉原名所をざっと見物させたら、明るいうちにうちの若い衆に店まで送らせますぜ」

と長吉も請け合った。

「よいか、竹松どの。これ以上の案内役はおらぬ。よくふたりの言うことを聞くのじゃぞ」

と幹次郎が言い聞かせると、竹松が嬉しさを押し隠した面持（おもも）ちで頷いた。

浅草寺門前広小路から一本入った路地に、

「刀剣研師一文字段平」

の看板を上げる店があった。幹次郎は間口三間ほどの作業場の土間に長身を入れると、

「親方、文をもらったので早速参った」

と声をかけた。

「神守様か。あの刀、えらく苦労したぜ」

と言いながら、段平が奥からすでに白木鞘から拵えに戻してあった幹次郎の刀を持参した。

一文字段平は祖父の代からの研ぎ師とか、脂が乗り切った親方だった。

幹次郎は腰の和泉守藤原兼定を外して作業場の片隅に置き、段平親方から無銘の剣を受け取った。

上がり框に腰を下ろし、鞘先を作業場の外に向けた。

刃を上にしてそろりと抜いた。

久しぶりに見る刃渡り二尺七寸の豪剣は、切っ先から鍔元まで一分の隙なく見事な研ぎが施されてあった。

「刀鍛冶が刀の魂を叩き込むというがねえ、結局刀を使う人の心持ちが刀の価値を決めるんだ。この無銘の剣は飾りじゃねえ、戦国の世の刀のようにたっぷりと血を吸ってやがる、人を何人も殺めたかもしれねえ。だが、刃に穢れが、曇りがないのさ。神守幹次郎という人の生き方を刃が映し取っているということさ。よくも悪くも無銘の剣を育て上げたのは神守幹次郎という剣客だ」

「親方、勿体なき言葉かな。それがし、その言葉を肝に銘じて剣を遣う」

一文字段平を紹介したのは四郎兵衛だ。

幹次郎は鞘に納めると傍らに置き、約定の研ぎ代を差し出した。

「親方、こちらも手入れしていただけぬか」

幹次郎は和泉守藤原兼定を差し出した。

「この時節、刀を次から次に研ぎに出す侍は神守様くらいかもしれませんな」

段平が兼定を受け取ると抜いた。

しばし刃に見入っていた段平が、

「うーむ」

と唸った。

「裏長屋に住む浪人者の持つ差し料でないことは承知しておる。七代目にいただいた一剣でな」

「わっしが唸ったのは刀の素性じゃねえ。やはり、使われ方ですよ。これほど働いている刀は当節お目にかかりませんぜ」

と感心した段平が、

「研ぎ上がるのがいつとは請け合えませんぜ」

と断った。

「構わぬ、親方が気の向いたときに手入れを願おう」

幹次郎は手入れの終わったばかりの無銘の剣を腰に戻した。久しぶりの二尺七寸が、
ずしり
と腰にきた。

「親方、造作に与った」

幹次郎はその言葉を残すと一文字段平の研ぎ場を出た。

幹次郎が下谷広小路の北側にある高札場に到着したのは、身代わりの左吉が約定した七つより前だった。高札場の先には御成門があって、門衛が見張りに立っ

ていた。

赤く色づいた紅葉が風にはらはらと舞っていた。

幹次郎は不忍池の向こうに冬の日が傾くのを見ながら左吉の現われるのを待った。だが、左吉が姿を見せる様子はなかった。

日が沈み、下谷界隈を宵闇が覆った。

そのとき、御成門の通用口にかたかたと道具箱の音が響いた。

「上野元黒門町大工勇三郎以下職人十三人、出ます」

親方が申告し、ぞろぞろと通用口から寛永寺の普請に携わる職人衆が姿を見せた。

「人数は合っておるか」

「へえっ」

と答えた親方が、

「また明日よろしく願います」

と下谷広小路へと下っていった。

職人衆は親方の家に戻るのか、一団となって坂を下っていくのを幹次郎は何気なく見ていた。するとその中から、

するり
と抜け出たひとつの影が植え込みの陰に紛れ込み、次に姿を見せたときには形(なり)を変えていた。

身代わりの左吉だった。

「神守様、申し訳ない。約定の刻限にだいぶ遅れて、お待たせ申しましたな」

「なんの、左吉どのはだいぶ苦労をなさっておられるようだ」

「田沼様復権を目論む輩の企みで傀儡子とも剣術遣いとも知れぬ三人組を御本坊に住まわせたせいで、なんとも出入りが厳しいのでございますよ」

と約束に遅れた言い訳をすると、

「朝っぱらから飲まず食わずで刻限も刻限です。お付き合いください」

と幹次郎を不忍池端に何軒か灯りを点す屋台の上燗屋(じょうかんや)に連れていった。

「酒と田楽(でんがく)をくんな」

左吉が大声で頼むと老爺(ろうや)は左吉と馴染か、頷くと茶碗をふたつ用意した。

「耳が悪いんでさ、大声じゃなきゃあ話は通りません」

幹次郎に言うと、

「羅刹を連れた三人組、今晩円頓院を出ます」

　と請け合った。

「会所の連中も目を光らせておりましょう。永膳和尚が修行僧に寒行を命じましたんで、それに紛れて円頓院を出て江戸の町に紛れ込むつもりでさあ」

「修行僧が寺を出る刻限はいつかな」

「四つ過ぎから七つまで江戸の町々に経を唱えながらの寒行でさあ」

　四つまで二刻（四時間）はあった。

「左吉どの、造作をかけた」

　ぬうっ、と茶碗酒がふたつ、幹次郎と左吉の前に突き出された。左吉が頷いて茶碗を摑むと、

「ちょいと行儀が悪うございますが、外道呑みさせてもらいます」

と茶碗を口に持っていくと、

　くいくいっ

と喉を鳴らしながら呑み干した。

「左吉どの、よほど喉が渇いておられたとみゆる。それがしの酒を呑まれぬか」

「いえ、これで喉の渇きはおさまりました」

と苦笑いした。

「あの三人組ですがねえ、七縣堂骨鋒は甲賀衆の流れを汲んだ忍びと称し、先祖は島原の乱に参加して天草四郎一統を追い落とし、城中騒乱を防いで手柄を立てたと自慢しておりますが、真のところは分かりませんや」

と左吉が言った。

「こたび、三人組を円頓院に受け入れたのはご門主の縁と思っていたが違うようで、総執事の法全という坊主でしてねえ、頼んだのは佐野様に暗殺された田沼意知様の国家老だった大日向正右衛門という老人です。法全め、田沼復権の暁には円頓院の門主に上がるという田沼意次様との密約があるというんですがね」

「門主永膳様はなにも知らぬのですか」

「ちと歳を食っておられましてな、俗事には超然としておられる。そこでこのような腹黒い連中が動き回るってわけです」

左吉は円頓院に何日も潜り込んで探り出してきたようだ。

「身の程知らずの馬鹿どもが」

幹次郎が吐き捨て、老爺が二杯目の茶碗酒を左吉に差し出した。

「それにしてもたったの三人と猿でなにをする気ですかねえ」

と左吉が菊水らの企みのほうに話題を転じた。

「左吉どの、数日前、柘植おせんなる女首領が率いる忍びの集団にそれがし、襲われました。三人組にはまだ他に仲間が隠れ従っておるやもしれませんぞ」

「そんな怪しげな面々を従えておりましたか」

左吉がどこか納得した風情で二杯目の茶碗酒を喉に流した。

ふたりは田楽を食い、酒で喉を潤して、五つの刻限に耳の悪い老爺の上燗屋の屋台を離れた。

「左吉どの、お付き合いくださるか」

その素振りの左吉に念を押して訊いた。

「乗りかかった船だ、途中で下りるのも業腹だ。江戸を騒ぎに巻き込んでも老中に返り咲こうという魂胆が気に入らねえ。その行く末、最後まで見届けさせてくだせえな」

「こちらこそお願い申す」

幹次郎と身代わりの左吉の同盟が成った。

二

寛永寺は、山内一円を忍ヶ岡と称し、広大な寺領を所有することを許されていた。

東叡山円頓院が御本坊で、本尊は薬師瑠璃光如来であった。開創は寛永二年（一六二五）、開山は慈眼大師天海、開基は三代将軍家光であった。ゆえに徳川家と縁が深く、のちの世には六将軍を葬ることになる菩提寺でもあった。

徳川家とは繫がり深い寺の中核、円頓院近くに神守幹次郎と身代わりの左吉が忍びやかに接近すると闇が動いて、

ふわり

と人影が現われた。

吉原会所の番方仙右衛門だ。

「番方、待たせたな。いよいよ円頓院から三人組を追い出しにかかる」

と幹次郎は左吉が探り出してきた事実を告げた。

「寒行の青坊主に紛れて忍ヶ岡を下りますかえ」

仙右衛門が左吉に黙礼し謝意を伝えた。

「番方、こっちは暇潰しだ」

と左吉が軽く躱した。頷き返した仙右衛門がふたたび闇に没し、辺りに緊張が静かに走った。

吉原会所の面々が改めて見張りの役に就き、菊水三郎丸、七縣堂骨鋒、鍬形精五郎の三人に羅刹という名の人喰い猿を連れた一行の出を待った。

幹次郎と左吉の両人も円頓院の重々しい表門を望む輪王寺宮御隠殿門前の闇に潜んで、刻限を待つことにした。

ふたりの潜む東側に竹林があって、さわさわと夜風に竹邨が鳴っていた。

雲間を割って薄い月が出た。

静かな忍ヶ岡に突如、
きいっ!

という羅刹と思える不気味な鳴き声が響き、静寂が破られた。そして、またしじまに落ちた。

時がゆったりと流れ、円頓院の門前を下谷界隈から紛れ込んできたか、痩せこけた野良犬がとぼとぼと横切っていった。

円頓院の高い塀から黒い影が飛んだ。影は野良犬に向かって一直線に飛翔し、痩せた首っ玉を両手で抱え込むと、尖った牙が月光に光って野良犬の首に喰らいついた。

げええっ

野良犬の絶叫が起こり、羅刹が地上に降り立つことなくふたたび円頓院の高塀に飛び戻った。

野良犬は体をゆらりゆらりと揺らして必死にその場から逃げようとしていた。羅刹に喰い咬まれた首からは血がだらだらと垂れているのが幹次郎にも見えた。

「畜生」

左吉が吐き捨てた。

野良犬の体が大きく横へと揺れた。それでも必死に倒れることに抵抗し、四足を踏ん張った。だが、その直後に反対側に野良犬はよろめくと、

どどっ

と路上に倒れ込んで痙攣した。

幹次郎は野良犬の断末魔から目を逸らし円頓院の門を注視した。

いつの間に門が開かれたか、饅頭笠に墨染めの衣、杖を携えた修行僧らが姿を

見せた。二列に並んだ寒行の一団は円頓院門前の道を真っ直ぐに突っ切り、竹林へと入ってきた。

竹林は御林に続き、御隠殿と呼ばれる東叡山御門主輪王寺宮親王の別邸へとぶつかり、さらに進むと金杉村から下谷坂本町(さかもとちょう)へと下っていく。

幹次郎と左吉は一団を待ち受けようと竹林へ速やかに移動した。

竹葉がざわざわと大きな音を立て、竹林の間に曲がりくねって続く道を、
ざっざっ
と草鞋(わらじ)の音を立てて寒行の僧侶たちが近づいてきた。

番方の仙右衛門らは幹次郎の反対側で見張っていた。

ぎいっ
円頓院の門が閉じられ、寒行の一団の全容が幹次郎らに見えた。二列の修行僧らの数はおよそ百余人か。

この中に三人が紛れ込んでいるはずだ。

(三人を炙(あぶ)り出すにはどうすればよいか)

幹次郎が思案に落ちたとき、竹林を伝って影が飛び、その影が地上に向かって飛躍した。

「長吉、気をつけねえ！」

思わず仙右衛門が声を張り上げて、羅刹が吉原会所の長吉を襲うことを警告した。

「野郎、来やがれっ！」

長吉が人喰い猿の羅刹に匕首でも向けたか、竹林に殺気が走った。

その間にも寒行の一団は何事もなかったように竹林の中の道を進み、御隠殿へと歩を進めていた。

幹次郎と左吉は寒行僧と並行して竹林を歩きながら三人組を探り当てようとした。

まず行列の中ほどに菊水三郎丸の巨軀を見つけた。さらに菊水の数人後列に鍬形精五郎らしき人影を選び出した。それが小太りの武芸者であるかどうか、幹次郎は迷った。同じような体つきの修行僧が何人もいたからだ。

体つきに特徴があるのは七縣堂骨鋒だ。

幹次郎と左吉の眼が光った。

「神守様」

左吉が囁き、菊水の前方六、七列に傀儡子を見つけた。これで少なくとも菊水と骨鋒は見当がついた。

(どこで離脱を図る気か)

幹次郎は傀儡子の七縣堂骨鋒に走り寄った。

左吉も巨軀の剣客菊水三郎丸の逃走を阻もうと突進した。

そのとき、幹次郎は竹林に忍び入る別の気配を察した。

竹林が鳴った。

羅刹が吠えた。

幹次郎らに向かって礫が飛んできた。

「左吉どの!」

幹次郎は左吉の手を摑むと竹林に転がった。礫が今までふたりがいた場所に落ちて、青い火を噴き、爆発音が響いて、白い煙が辺りに漂った。

柘植おせん一味が菊水三郎丸らの離脱を手助けしておるのか。

幹次郎と左吉は、おせん一統の邪魔立てを無視して寒行の一団を追った。一団は騒ぎなどなかったように寒行に没頭し、竹林から御林に差しかかっていた。

幹次郎は先ほど選んだふたりを改めて確かめた。だが、ふたりと思しき姿は幹次郎と左吉が見つけた列から掻き消えていた。

「位置を変えやがったか、列から抜けたか」

左吉が押し殺した声で吐き捨てたとき、ふたたび修行の一団と幹次郎らは柘植おせんら一統に囲まれていた。

ふたたび礫が四方から投げられた。

幹次郎はその場に伏せた。

次々に青い光が走り、音が響き、もうもうたる白煙が御林を包んだ。

寒行の一団がそのとき御林の中で四方に散った。百もの饅頭笠と墨染めの修行僧が狂気に憑かれたように走り回り、幹次郎らの目を晦ました。

「畜生」

左吉が叫び、ふたたび寒行の僧侶たちは二列の整然とした隊列に戻った。

それは御林と御隠殿との間の細道でのことだった。細道の左右には石灯籠が灯りを点していた。

幹次郎と左吉、さらには仙右衛門ら会所の面々も隊伍の中に三人組の姿を探した。だが、菊水らの姿はどこにもなかった。

幹次郎は羅刹と柘植おせんらの気配も消えていることに気づかされた。

「糞っ、いませんぜ」

左吉が吐き捨てたとき、仙右衛門らも立ち竦む幹次郎らのもとに走り寄ってきた。

「逃げられた」

「逃げられましたな」

幹次郎と仙右衛門は言い合った。

その眼前を、さくさくと足音を響かせて寒行の一団が通り過ぎていった。

ふうっ
と左吉が息を吐いた。

「やられましたな」

「左吉どのの苦労を無駄にして申し訳ござらぬ」

幹次郎は左吉に謝った。

「明日からまたやり直しだ」

と仙右衛門も言い、

「神守様、吉原に戻りますか」

と北の空を見た。

「番方、すまぬが一足先に戻ってくれぬか」

「へえっ、それはようございますが」

仙右衛門がなにかまだ用事かという表情で幹次郎を見た。だが、幹次郎は、

「夜明け前までには会所に戻ると七代目に伝えてくれ」

と言い残すと竹林への道に戻っていこうとした。すると左吉がなにも言わず従ってきた。


不忍池を見下ろす鐘撞堂(かねつきどう)から夜半九つを告げる時鐘(ときのかね)が響いてきた。殷々(いんいん)たる鐘の音が闇にゆっくりと溶け込んで消えると、幹次郎と左吉の耳に怪しげにも艶(なまめ)かしい老人の声が聞こえてきた。

「宋念(そうねん)、そなたの肌はなんと滑(なめ)らかなことよのう、女の柔肌(やわはだ)というがそなたの艶(つや)やかな感触には敵わぬ」

「あれ、そのようなことを、総執事様」

円頓院の台所を預かる総執事法全の宿坊の褥(しとね)には青坊主宋念が引き入れられ、先ほどから延々と痴態が繰り返されている様子であった。

「神守様、どうなさいますな」

と左吉がうんざりとした体(てい)で問うた。

「どうしたものか」

幹次郎の肚は定まっていた。

江戸を騒乱に巻き込んでまで老中の座に固執する田沼意次とその残党、それに呼応して寛永寺円頓院の門主の座を窺う生臭坊主を許すわけにはいかなかった。四郎兵衛に許しを得たわけでも命じられたわけでもない。だが、これが松平定信が目指す改革の意に沿った行動と幹次郎は考えていた。

だが、若い僧侶まで巻き添えにすることには躊躇していた。

さらに四半刻（三十分）、痴態の声は続き、甲高い声がふたつ絡み合って果てた。

「そ、宋念、ちと待っておれ。厠に行って参るでな」

「総執事様、おひとりで大丈夫ですか」

「わが宿坊じゃぞ、よう承知しておる」

障子が開く音がして、ずるずると寝巻きの裾を雨戸の向こうの廊下に引きずる音が幹次郎と左吉に伝わってきた。

「左吉どの、お待ちあれ」

幹次郎は低い姿勢で闇を移動した。

廊下の端に厠があって有明行灯の灯りがわずかに開けられた格子窓から外へと漏れてきた。

幹次郎は厠の外に植えられた竹邨から法全が小便器の前に立ったのを見た。歳には不足がないほど老いた僧侶だった。なかなか小便が出ないのか、体をふらふらとさせながら待っている。

（この歳で未だ野心を抱くか）

幹次郎の胸に去来した思いだ。

一本の竹に手が掛けられ、太さを探った。径は一寸三分（約四センチ）ほどか。

幹次郎は静かに脇差を滑らして抜くと片手で竹を摑み、
すぱっすぱっ
と二度ほど刃を振るった。五尺ほどの長さの竹が幹次郎の手に残った。その一方の端は鋭く斜めに削ぎ落とされていた。

幹次郎が竹を切った気配に法全が格子窓を押し開き、外の様子を眺めた。

法全と格子窓に歩み寄った幹次郎の目が合った。

「そ、そなたは」

「徳川家と縁の深い寛永寺円頓院の総執事を務めながら、江戸を騒乱に陥れる元老中どのの妄執に加担する罪許さず」
「な、なんと言うか」
「法全、そなたの命で罪を償え」
法全がよろめくと厠の奥へと逃げようとした。そのとき、ようやく小便が出てきたか、ちょろちょろと音がして、思わず法全がその場に足を止めた。
幹次郎が尖った竹の先端を格子窓の間に、
すうっ
と突き入れた。
竹先が法全の激しく動く喉仏に刺さり込み、
ぐえっ
という声を漏らした法全の首を青竹が貫いて、背後の土壁に串刺しにした。
足から力が抜けて法全の体がずるずるとへたり込もうとした。が、竹に串刺しにされた体は、
だらり
と弛緩しつつもぶら下がった。
小便が激しく漏れる音が響いた。

幹次郎は、

くるり

と踵を返した。すると左吉が竹邨の傍らに立ち、呆然と幹次郎の行動を見ていた。

「神守様、そなた様は」

「愛想をつかされたか」

「いえ、驚きました。お手並みに」

「人を殺めたことには変わりがない」

「世の中に蔓延る塵芥を掃除なされただけにございますよ」

「お山を下りようか、左吉どの」

「へえっ」

ふたりは円頓院御本坊の宿坊の庭から立ち去っていった。

その直後、厠に様子を見に来た青坊主の宋念が悲鳴を上げたが、もはやふたりの耳には届かなかった。

幹次郎が吉原に戻りついたのは八つ半（午前三時）の刻限だった。吉原会所の裏口へ江戸町一丁目の路地を使って向かおうとすると、山口巴屋の裏口が開いていて、台所の板の間で番方の仙右衛門が独酌をしていた。

仙右衛門は幹次郎の帰りを待っていた様子があった。

「ご苦労様にございました」

と茶屋の裏土間に姿を入れ、一文字笠を脱ぐ幹次郎を見た仙右衛門が、

「体が冷え切っておいでのようだ。ただ今七代目も湯に浸かっておられます。どうです、湯で温められませんかえ」

「それはなによりの馳走にござる。頭取の許しを乞おうか」

幹次郎は研ぎ上がったばかりの大刀を仙右衛門の傍らに置くと、脇差だけを差した姿で湯殿に行った。

妓楼で一夜を過ごした大店の番頭など、客がそろそろ引手茶屋に引き上げてくる刻限だ。

奉公人が徹夜で遊んだとしてもお店が開くまでに戻っていれば、主は見て見ぬ振りをする、粋を心得た者同士の暗黙の決まりごとだった。それだけに遊女も妓楼も茶屋も各々の客の引け時を心得て、遅れないように気を配った。

「四郎兵衛様、湯を一緒させてもらってようございますか」

「神守様か、遠慮は要りませぬ」

幹次郎は四郎兵衛の言葉に着流しの小袖を脱ぐと、洗い場に入り、掛かり湯を使った。

「忍ヶ岡で徹夜をなさいましたかな」

「せっかく身代わりの左吉どのが探索してきた三人組を取り逃がしてしまいました」

「番方から聞きました」

幹次郎は湯船に身を浸けると、左吉が苦心して調べてきた情報を四郎兵衛に告げた。

「なんと田沼意知様の国家老であった大日向様が背後で糸を操っておいででしたか」

「四郎兵衛様は大日向某を承知ですか」

「数年前のことです、一、二度お目に掛かったことがございましたよ。ただの田舎爺とそのときは思うたものでしたがな、江戸にしゃしゃり出て陣頭指揮をするとは努々考えもしませんでした。三人組を取り逃がしたのは残念でしたがな、大きな獲物を網にかけられましたぞ、神守様」

「四郎兵衛様、左吉どのの手柄にございます」

うーむ
と頷いた四郎兵衛が、

「左吉さんを連れてどこか参られましたな」

「円頓院御本坊総執事の宿坊に邪魔を致しました」

「田沼様と手を結び、円頓院の門主を夢見る総執事どのになんぞ話がございましたかな」

「口を封じて参りました」

幹次郎が一切の出来事を告げると四郎兵衛が両手で顔を覆い、しばし沈思していたが、

「ちと荒業をなされましたな。じゃが生きていて為になる御坊ではございませぬ。致し方なき天罰かと存じます」

と四郎兵衛が幹次郎の無断の行動を認めた。

三

「七代目、神守様」

と脱衣場から仙右衛門の声がした。

「番方、なんですね」

四郎兵衛が問い、仙右衛門の押し殺した返答が続いた。

「新町筋でちょいと異変が出来したようでございます」

幹次郎は湯船からするりと上がった。

「番方、異変とはなんだな」

「新町の裏見世、三筋楼に灯りが点らないというんですがね」

新町とは伏見町と揚屋町のことだ。

寛文八年（一六六八）、五丁町のひとつ江戸町二丁目の新道を広げて堺町、伏見町が開かれた。幕府ではこの年、隠し売女を検挙し、この始末に吉原に新町を作って押し込めたのだ。この新興の町の年寄は堺、伏見の出が多かったゆえにそう町名がつけられたとか。

格子から　物くれ竹の　伏見町
伏見町　肩がせまいが　通る所

ふたつの川柳ともに伏見町の吉原での格と立場を示していた。

五丁町より一段劣った遊女屋街とされたが、明和五年（一七六八）の吉原炎上ののち、堺町は消えた。だが、伏見町はしぶとく生き残った。

今や伏見町を新町と呼ぶのは廓内に暮らす住人くらいになった。

仲之町を挟んで角町と向き合う揚屋町も新町に属していた。

浅草に吉原が引っ越した当初、揚屋町の界隈には酒屋、すし屋、湯屋などの商家が軒を連ね、その間に揚屋（引手茶屋の前身）が数軒あった、それが後に妓楼へと模様替えした。

幹次郎は硬く絞った手拭いで湯に火照った体を拭き、衣服を身につけた。脇差を手挟むと山口巴屋の台所に戻り、そこに置いていた大刀を手にした。

仙右衛門があとを追うように姿を見せた。

「通いの男衆がいつものように三筋楼の戸口を開けようとしたのだが、いつもは開いている戸に心張棒がかってあるとか。別の口に回ってみたが、どこも閉じられて、いつもは起きているはずの奉公人が未だ目を覚ましている気配はねえというんですよ」

　幹次郎は土間に下りた。すると仙右衛門も山口巴屋の台所から入ってきたとみえて、草履を履いた。ふたりは裏口からまだ暗い路地を走り抜け、江戸町一丁目に出た。

「三筋楼なんて小見世がございましたか」

「新町の中でも裏見世でしてねえ、通りには面しておりませんし、路地に面した表に格子の張見世などはございません。客は馴染が多く、路地奥の入り口に遣手が待ち受け、二階の小座敷にいる女郎の名を呼んで馴染の到来を告げるような裏見世ですからね、神守様も見逃されたのでしょう」

　ふたりは仲之町から待合ノ辻を横切って伏見町に入った。

「吉原の町並みくらいおよそ承知したつもりでしたが、未だ知らぬ場所がたくさん残っておりますな」

「裏見世はうっかりしているといつの間にか模様替えして、わっしらも見落とします。ここには会所も摑み切れない吉原の闇が潜んでいますのさ」

　と生まれも育ちも廓内という仙右衛門が幹次郎の浅慮を戒（いまし）めるように言った。

　伏見町の通りの小見世の戸口から女郎に見送られた客が顔を覗かせ、足早に奥へと進むふたりを驚きの目で追った。

「ここでさあ」

仙右衛門が指したのは小見世と小見世の間に半間ほどの路地が口を開き、そこへ木戸が建つ奥だった。

ふたりは木戸を入り、七、八間（約十三〜十五メートル）奥に進むと一応黒塗りの庇屋根が路地に突き出し、その下に女郎の名札が五枚かかり、それが三筋楼の抱えの数だと知れた。

格子戸を入ると帳場からちらちらと灯りが動いて、
げえぇっ！

という悲鳴が上がった。

会所の若い衆が上げた悲鳴だ。

「長吉」

と番方が若い衆の頭分の長吉を呼んだ。

「番方、ひでえや」

ふたりの到着に気づいた若い衆の宮松（みやまつ）が飛び出してきて告げた。

「どうした」

「皆殺しです」

「なんだと」

仙右衛門と幹次郎は表口から狭い廊下を抜けて帳場に入った。

長吉が呆然と立ち尽くしていた。

幹次郎らは血塗れの現場を見下ろした。

神棚の飾られた四畳半の座敷に三筋楼の主円太郎とおたつ夫婦が首筋を刺し通されて重なり合うように倒れていた。

刀での突き傷か。ふたりともたった一撃が致命傷になっていた。

「番方、ざっと見て歩いたが、どこもがこんな按配だ」

「客も女郎もか」

「五人の抱えとふたりの客、それに遣手が二階で殺されていやがる。あとは台所に住み込みの飯炊きばあさんが倒れて、ざっと見たかぎり十一人が皆殺しだ」

長吉の報告に仙右衛門が呻いて、

「許せねえ、吉原で皆殺しなんて聞いたこともねえ」

と言葉と一緒に憤怒の感情を吐き出した。

「長吉どの、生きておる者はおらぬかいま一度調べてくれ」

幹次郎の命で会所の面々が動き出した。

幹次郎と仙右衛門は人ひとりが上り下りできる裏階段を使って三筋楼の二階へと上がった。二階では鉤の手に曲がる廊下に座敷が並んでいた。大階段というには狭い表階段の脇に遣手が控える二畳間と布団部屋があった。

女郎の部屋はその奥に並んでいた。

真っ青な顔をした宗吉が手燭（てしょく）を掲げて姿を見せた。

その灯りに三番目の犠牲者が浮かんだ。

遣手部屋では火鉢の傍らに女郎上がりの遣手が顔に驚愕を残して死んでいた。胸を一撃見事に突き刺されていた。

幹次郎は行灯の灯りで遣手の傷を確かめた。

主夫婦と同じく仮借（かしゃく）ない一撃で刀の突き傷と思えた。

黙したまま幹次郎らは次の凶行の場へと動いた。

薄い壁で仕切られた六畳間が連なる二階座敷では客と女郎、女郎だけと七人の男女が同じような手口で殺されていた。客と女郎の一組は交合している最中に襲われたらしく、客は背から心臓を、女郎は前から乳房を刺し貫かれていた。

幹次郎らは非情に徹した殺しの場を黙したまま調べ終えた。

「神守様、一体全体、だれがなんでこんなことを仕出かしたので」

仙右衛門が遣り切れないという思いを幹次郎にぶつけた。

幹次郎はそれにはなにも答えず、仙右衛門を連れて一番奥の、帳場から延びる裏階段近くの女郎部屋に戻った。その部屋の主だけは、殺され方が異なっていたからだ。

宗吉が手燭を掲げて従った。

三筋楼の年増女郎幾梅は夜具の中で首を絞められて悶絶していた。座敷には歴然と客がいた気配が残され、女物の煙管は客が寝ていたと思える枕元の煙草盆の上にあった。煙管は幾梅のものだろう。だが、位置からして男客が吸ったと思えた。

「番方、なぜこの女郎だけ手口が違うんだね」

「幾梅の客の仕業と申されるので」

「はっきりとはまだ分からぬ。だが、この部屋の客はどこへ行ったのだ」

仙右衛門が夜具をめくると幾梅の長襦袢の裾をめくり、顔を女の下腹部に近づけて仔細に調べていたが、

「野郎、幾梅と目合いながら首を一気に絞め上げていますぜ」

と言った。

「宗吉、灯りを首に」

と仙右衛門が命じた。

幾梅の首に腕を巡らして絞め落としたような痣が刻み込まれていた。

「まず下手人は幾梅を絞め殺した。その後、刀に持ち替えた。とすると幾梅の客は侍でなければならない。まず、そう仮定してみよう。番方、三筋楼でも刀を帳場に預かったのだろうな」

帳場のどこに刀架けがあったかと幹次郎は考えた。

「馴染とはいえ大小は部屋には持ち込ませませんや」

「すると幾梅を絞め殺した客はまず帳場に下り、刀架けの自分の刀を取り戻すと最初に主夫婦を突き殺し、台所に行って飯炊きに襲いかかり、ふたたび二階に戻った」

「神守様、いくら腕が達者な者でもひとりでこんな手際のいい殺しができますかねえ。だれぞに騒がれたら終わりですぜ」

「うーむ」

幹次郎が唸ったとき、ふたりのところに長吉が真っ青の顔で姿を見せた。

「三筋楼は通いの者だけが助かったようです。楼にいた者は全員殺されています、だれも生き残った者はいませんや、番方」

と報告した。

「番頭の丈蔵(たけぞう)は顔を見せてないか」

「表に待たせています」

「ここに連れてこい」

幹次郎の脳裏に、

十一の　骸(むくろ)に冷たく　隙間風

と五七五が浮かんだ。そして浮かんだだけで幹次郎の記憶から消えた。

裏見世の三筋楼では遊女以外、遣手と飯炊きだけが住み込みで、奉公人の大半が廓内か、遊里の近くに住んでいた。

番頭の丈蔵も日本堤の北側の山谷町(さんやまち)に住んでいた。

仙右衛門と幹次郎は幾梅の客がなんぞ痕跡を残していないか、調べて回ったがその痕跡は見当たらなかった。

階下から、

「だ、旦那、女将さん！」

叫ぶ声がして長吉がなにか制止する声が続き、裏階段に足音が響いた。そして、初老の番頭が土気色（つちけ）の顔をして長吉に支えられて姿を見せた。

「番方、なにが起こったんですね」

「丈蔵さん、見ての通りだ」

「番方、分かりませんよ。一体全体なにがうちに降りかかったんですね」

と丈蔵は同じ問いを発した。

「おれたちもなにも分かっちゃいねえ。番頭さんが頼りだ」

と言うと廊下から幾梅の座敷に丈蔵を呼び入れた。

丈蔵がちらりと幾梅に目をやり、

「なんまんだぶつなんまんだぶつ」

と無意識のうちに唱えた。

「幾梅だけが絞め殺されていらあ。幾梅の客が下手人と思える。おまえさんの楼は馴染が多いと聞いたが、この部屋の客はだれだえ」

「鍬形精五郎と申される浪人さんですよ」

丈蔵が即答した。

「なにっ、鍬形精五郎だと」

と仙右衛門が叫び、幹次郎が、

「身丈は五尺六、七寸、小太りで歳は二十七、八。もっさりとして摑みどころがない風貌か」

と問うた。

「へえっ、その方です」

「鍬形は昨夜いつ上がった」

「五つの頃合で、泊まりだといつものように前金で支払いなされましたよ。金に困っている様子はございませんでしたがな」

仙右衛門と幹次郎は顔を見合わせた。

「鍬形は昨夜すでに円頓院の外に出て、寒行の一団には加わってなかったということですかえ」

「どうやらそのようだな」

幹次郎の答えを聞いた仙右衛門が、

「鍬形は、いつからの馴染だ」

「この夏辺りから二十日に一度の割で遊びに来ましてねえ、幾梅もまんざらではなかったようでしたよ」

「三筋楼では刀は帳場に預かったろうな」

「番方、うちの旦那は決まりごとには厳しかったからね。帳場に預かりましたよ」

「鍬形が夜中に刀を取りに下りたら、当然主夫婦に訝しく思われたろうな」

「そんなことを許す旦那じゃございません」

鍬形精五郎は主夫婦の不意を突くように一気に刺し殺している。だが、刀はそのとき、帳場にあったのだ。三筋楼の主夫婦に怪しまれることなく刀を取り戻すことなどできないとすると、夫婦すら刺し殺せないことになる。ましてひとりで十一人を殺すことなどできるはずがない。

幹次郎はなにかが間違っていると思った。

「鍬形に仲間がおりましたかねえ」

仙右衛門も首を捻った。

「いや、幾梅は別にしてあの突き傷は同一の人物、それも手練れの者の仕業だ」

「番方、鍬形さんというのは間違いじゃないかねえ」

「丈蔵さん、なぜそう思う」

「だって鍬形さんは片足が動かないんだよ。だから、杖を常にお持ちで二階座敷にも持ち込まれたほどだ。そんな人が次々に人を殺せるものですか」

と丈蔵が言い張った。

幹次郎は津島道場に姿を見せた三人組の行動を思い出していた。

あの日、菊水三郎丸、七縣堂骨鋒だけが道場で立ち合い、鍬形精五郎は一切その手の内を見せなかった。だが、あの日、鍬形精五郎が足を引きずる光景を覚えていなかった。ただし、杖は携えていた。

三筋楼に通う鍬形は足が悪いことを理由に杖を二階まで持ち込んでいた。普通に歩けるならば、杖は偽装だ。

「番方、津島道場に現われた折りの鍬形の杖は仕込みだ、凶行は帳場に預けた刀ではなく仕込み杖で行われたのだ」

「糞っ」

「となれば円太郎、おたつの主夫婦は最初ではなく二階を始末したあとに殺されたかもしれない」

「わっしどもは円頓院に注意を引きつけられて、足元をうっかりしていた」

「迂闊であった」

　とふたりが言い合うところに険しい顔の四郎兵衛が姿を見せた。

「七代目、吉原で裏見世とはいえ、皆殺しに遭ったなんぞは聞いたこともございませんや」

「下手人の目当はついたか、番方」

「鍬形精五郎と名乗った客は幾梅の夏以来の馴染でしてねえ、泊まりの前金を払いながら、こやつの姿だけが掻き消えていますのさ」

「なにっ、あやつらの仕業か」

「わっしらの見張りを掻い潜って、鍬形ひとりだけ寛永寺円頓院御本坊から抜け出て吉原に潜り込んでいやがったので」

「嘗めくさった真似をしくさって」

　と吐き捨てた四郎兵衛が、

「田沼意知様の家老職に就いておられた大日向様がなにを企んで吉原に戦を仕掛けるか知らぬが、田沼時代に返してなるものか。田沼一派の残党、根こそぎに平(たい)らげますぞ」

と四郎兵衛が開戦の宣告をなした。

「七代目、表に玉藻様が参られております」

長吉が知らせに来た。

「なにっ、玉藻が」

会所の御用の場に娘とはいえ山口巴屋の女将が顔を出すことなどまずない。

四郎兵衛の顔が幹次郎を見た。

「まさか汀女先生に何か」

仙右衛門が言い、四郎兵衛らは惨劇の二階から階下へと駆け下り、路地から狭い木戸を出た。

「お父つぁん」

玉藻が叫び、

「うちのお客様が襲われましてございます」

と父親だけに聞こえる声で告げた。

「どなたか」

「最前大門を出られた松代藩ご用人恩田華右衛門様の乗物が土手八丁で襲われ、恩田様が怪我を負われたと外茶屋天下一の番頭さんが知らせてきました」

「恩田様の怪我の具合は分からぬか」

「そこまでは」

「七代目、お先に」

番方の仙右衛門が走り出し、幹次郎が続いた。

大門を駆け抜けたとき、七つ半（午前五時）の拍子木が廓内で叩かれた。

辺りはまだ薄暗かった。

ふたりは一気に五十間道を駆け抜け、衣紋坂から土手八丁に出た。外茶屋の天下一は左兵衛長屋に曲がる手前にある茶屋だった。

「番頭さん」

と仙右衛門が天下一の表口に飛び込んだ。

「恩田様はどちらにおられるな」

「番方、ひと足違いだ。屋敷に戻られた」

「怪我は大したことないのかえ」

番頭が大きく頭を横に振った。

「ありゃだれが見ても命にかかわる傷だ。お武家様はそれが分かられたゆえ、供の方々にどのようなことがあろうと屋敷に駆け込めと命じられた。医者を呼ぶというわっしらの制止を振り切って発たれましたよ」

吉原帰りに人に襲われ、怪我をしたことを恥じた恩田は死を賭して屋敷への帰還を命じたようだ。

「番頭さん、下手人はだれか承知か」

「うちの男衆が見ていたがねえ、小太りの武家が無言のままに手槍のようなもので乗物の戸越しに刺し貫いたというぜ」

仙右衛門と幹次郎は顔を見合わせ、仙右衛門が厳しい顔で、

「番頭さん、ここで起こったことは絶対に他所に漏らしちゃならないぜ」

と口止めした。

四

伏見町の裏見世三筋楼から密かに会所の手で十一人の骸が運び出され、血溜まりに石灰が撒かれ、楼は封鎖された。

その昼下がり、神守幹次郎と宗吉は四郎兵衛の供で吉原をあとにした。四郎兵衛と一緒に五十間道から衣紋坂、土手八丁を徒歩で今戸橋際の船宿牡丹屋に入っ

た。

　牡丹屋は吉原会所と深い繋がりを持つ船宿で、会所の船も預けてあった。

「七代目、ようこそ」

　老練な船頭の政吉が迎え、

「新シ橋まで頼もう」

　と行き先を告げた。

　四郎兵衛が訪ねようとする先は溜池から築地川へと流れ込む御堀に架かる新シ橋際の、信濃松代藩の上屋敷だ。

「ただ今直ぐに仕度をしますでな」

　三人が座敷に上がり、茶を喫している間に屋根船の仕度がなった。

　牡丹屋の女衆らはいつも気さくな四郎兵衛が何事か思案にくれ、黙然としていることに、

「廓内でなんぞ起こったかねえ」

　とひそひそと話し合った。

　三筋楼の惨劇は廓内でも秘密にされていた。

　四郎兵衛の船には政吉がつき、若い船頭見習いの玉三郎が従った。二人船頭の

船は山谷堀から隅田川に出ると河口に向かって一気に下った。

木枯らしの吹く季節だ。

屋根船の真ん中に炬燵が設けられ、四郎兵衛が膝を炬燵に差し込んだ。宗吉が舳先に座り、幹次郎は炬燵を挟んで胴の間に腰を下ろした。

「神守様が案じられた酉の祭になんぞ起こりそうですかねえ」

幹次郎は最前から四郎兵衛が考えていたことはこのことかと思った。

「鍬形精五郎ひとりで三筋楼を襲い、十一人を殺した上に松代藩のご用人まで暗殺しのけようとした。これだけでも吉原にとって十分な打撃でございますよ」

四郎兵衛の声は幹次郎だけに届くほど低かった。

屋根船が下る大川の流れには白い波が立って、いかにも寒い季節が到来することを予感させていた。その波の上を低く飛ぶのは都鳥か。

「これで終わったとは到底思えない」

「いかにも」

「神守様、江戸八百八町とひと言でいうが朱引内だけでも一日で歩けぬほどに広い。御城を囲むように三百諸侯の上屋敷があって直参旗本御家人が住んでおられる。さらには町屋が広がり、およそ百万の人々がこの都で暮らしを立てておる。

よからぬ考えを持つワルがこの江戸を一気に騒乱に持ち込もうとしたら、どこを攻めるか。戦があった御世ならまずは城攻めだろうが、少人数で城を攻めたところでいくら暢気なこの世でも旗本方が抗いましょうし、びくともしますまい。となると町屋だ」

四郎兵衛は言葉を切り、頭の中に府内の絵地図でも思い描いているのか、しばし瞑想した。

「俗に一夜千両が降る町が江戸に三つあると申しますな。二丁町（芝居町）、魚河岸、それに五丁町の吉原にございますよ。千両というのは譬えでございましてな、芝居町は知らず、魚河岸も存じませんが、吉原はそんなものでは利きません。一夜に揚げ代だけで二千両を超え、その他に動く金子が揚げ代の何倍もございます。紋日には一夜売上げ一万両と申しても大袈裟ではございません。人の欲望というものは果てしない、それがわずか二万余坪の色里に落ちるのでございますよ。田沼意知様の元家老大日向様が目をつけるとしたら、やはり吉原でございましょうな」

幹次郎は小さく頷く。

吉原は女の肉体を売り買いするだけの場所ではない。衣装、髷、化粧、草紙、楽曲と流行の発信の場であり、遊女たちはその尖兵として存在した。粋、張り、見栄はこの裏づけがあってのことだった。

「田沼様は吉原の怖さと弱点をよう承知しておられる。吉原の息の根を止めるとしたら、火つけか。それもただの火つけではあるまい」

四郎兵衛が先ほどから考えていたことだ。

「それが酉の市の宵に起こるとしたら大惨事になります。狭い廓内に鷲神社の参詣帰りの老若男女が押しかけるのですからな」

「それだけは阻止したい」

「なんとしても止めなければなりませぬ」

「鍬形精五郎がひとりでしのけた三筋楼の十一人殺しの狙いは会所の眼をそちらに散らすことにございましたでしょうか」

頷いた四郎兵衛が言い、

「奴らの狙いが酉の祭だということを前提に会所は万全の準備をしなければなりますまい」

「畏まりました」

と幹次郎は首肯した。

政吉と玉三郎が操る屋根船は大川を一気に下り、鉄砲洲河岸と佃島の間の水路を抜け、浜御殿の北側に口を開ける築地川へと入っていった。すると風が幾分穏やかになった。

尾張様の蔵屋敷で北風が阻まれたせいだ。

築地川から御堀へと進み、汐留橋、芝口橋、難波橋、土橋、幸橋と潜って、譜代大名らが屋敷を連ねる新シ橋に屋根船が着けられた。

信濃松代藩十万石の上屋敷は橋の傍にあった。

真田幸弘が当主の松代藩は、関ヶ原の戦いの折り、先祖の信之が父昌幸、弟信繁(幸村)と袂を分かって東軍に与し、役後、その功績により父の遺領を与えられて信濃上田城主となり、ついで松代へ配置換えになって続く名門だ。

四郎兵衛は宗吉を供に江戸留守居役相馬直輔に面会を求めた。むろん四郎兵衛は大名同士の外交方の相馬とは昵懇の仲だ。

神守幹次郎は両人が門内に消えるのを見送り、門を見通せる橋の袂で四郎兵衛らの出を待った。

ふたりが姿を消して四半刻後、宗吉だけが姿を見せた。両手に持っていた包みがなかった。

宗吉は幹次郎を見るとただ黙って頷いた。それ以上、報告すべきものをなにも持たなかったからだろう。

段々と気温が下がる大名屋敷の門前で四郎兵衛が姿を見せるのを待った。

宗吉が姿を見せたさらに半刻（一時間）あとのことだ。

もう江戸の町に夕闇が迫っていた。

「お待たせ致しましたな」

四郎兵衛の声に疲労が滲（にじ）んでいた。

待たせていた屋根船に乗り込むと政吉船頭が、

「ご苦労にございました」

と声をかけ、直ぐに見習い船頭の玉三郎に舫い綱を解かせると船を御堀から築地川へと出した。

政吉は四郎兵衛が炬燵に落ち着くのを待って、玉三郎に酒の仕度をさせた。四郎兵衛自ら御用に出るというので、牡丹屋では酒を用意して船に積み込んでいたようだ。

「七代目、熱燗というわけにはいかねえが、人肌には燗をさせてございますよ。ちょいと五臓六腑（ごぞうろっぷ）を解（ほぐ）してくだせえな」

「父つぁん、ようも気配りしてくれたな」

「なあに、うちの女将の考えだ」

炬燵の上に燗徳利と杯が用意された。

「神守様、お付き合いください」

と四郎兵衛が幹次郎を呼び寄せた。話し相手を務めさせるつもりかと幹次郎は炬燵近くに座を移した。

「気苦労でございましたでしょう、お察し申します」

幹次郎は四郎兵衛の杯を満たした。

四郎兵衛は注がれた杯の酒に視線を落としていた。

幹次郎はその様子を眺めていた。

「鍬形精五郎に襲われたご用人恩田華右衛門様ですがな、屋敷に運び込まれ、お医師が呼ばれた直後に身罷られたそうな。左の脇腹から心臓を刺し貫かれ、大量の出血が死の因でした。手槍の先が体に残ったままだったそうでございますよ」

「なんということで」

仕込み杖の穂先を鍬形精五郎は恩田の体に残していたという。

四郎兵衛は手にしていた杯の酒を口にゆっくりりと流し込み、

「畜生めが」

と吐き捨てた。

「真田家では恩田様は病死として内外に告知いたします」

「吉原への影響はいかがにございますか」

「襲撃が廓内でなかったことが真田家にも恩田様にも吉原にも幸いしたようでございます。相馬様は、真田家に恨みを持つ者の犯行なればこのままにもしておけずと、密かに探索方を襲われた現場に出すことを考えておられました。私は差し支えないところで、前老中の残党が江戸騒乱を画策して騒ぎを起こさんとする企ての一環に恩田様は偶々巻き込まれたようだと申し上げたところ、相馬様はしばし沈思されたあと、田沼様もちと往生際が悪いことよと呟かれました。その上で、四郎兵衛、われら、恩田が病死したと内外に告知した以上、公には恩田の仇を討てぬ。だが、手に余るとなればいつでも知らせよ、相当な手勢を送ると申されました」

「恩田様の死、真田家にも吉原にも相応の犠牲でございましたな」

「見舞金の五百両程度はいつでも取り戻せます。だが、恩田様のお命は返りませぬ」

「いかにもさようでした」

屋根船が築地川から江戸の内海に出たとき、
ぴゅっ
と音を立てて北風が吹いてきた。

政吉は二丁櫓で補うように玉三郎に命じた。

二丁櫓に変わった船が風に逆らって大川河口から浅草へと漕ぎ上がっていく。

往来する船はどれも灯りを点し、風に寒そうに揺れていた。それが本格的な冬の到来を告げていた。

幹次郎は四郎兵衛の杯を新たに満たした。

「おや、私ばかりが頂戴致しておりましたな」

と四郎兵衛が幹次郎の杯に酒を注いだ。

「三筋楼ですが、この先、どうなります」

「円太郎、おたつは元々廓外の仕出し屋に勤めていた男衆と女衆でな、ふたりして身を粉にして働いてあの裏見世の権利を買い、妓楼の主になったのです。子はございませんでな、これからふたりの縁者を探して、どうするか話し合いになると思います」

「通いの奉公人はちりぢりですか」

「致し方ございません。手堅い商いで知られた裏見世ですから、奉公人の勤め先もなんとかなりましょうよ」

と四郎兵衛が一夜にして潰えた三筋楼の運命を思った。

「七代目」

と政吉が呼んだ。

「どうした、父つぁん」

「最前からへばりついてくる舟があらあ」

と斜め後ろから追走する舟を指した。

幹次郎は迂闊にも今まで気づかなかった不注意を悔いた。たしかに半丁（約五十五メートル）も後方に猪牙がおり、幹次郎らの乗る屋根船と同じく上流を目指していた。

それも無灯火だ。

ちょうどこちらの船は永代橋と新大橋の中間、左手に中洲が黒々と見える辺りに差しかかっていた。

「父つぁん、吉原に急ぐ舟ではないのかねえ」

「わっしもそう考えたんだが、なんだか動きが妙でねえ。最初、直ぐ後ろにいたんだが、今はちょいと間を置きやがった」

幹次郎は闇を透かして尾行する舟を見た。人影は船頭を省いてふたりのように見えた。

その猪牙がこちらの動きを訝しく思ったか、舟足を速めて政吉の屋根船に迫ってきた。

幹次郎は手にあった杯の酒を呑み干し、杯を手に残した。

「七代目、こっちも船足を上げるかえ」

四郎兵衛が幹次郎の考えを訊くように見た。

そのとき、幹次郎は胴の間に片膝をつき、迫りくる舟を確かめ、ふと前方に視線を移した。すると上流からもう一艘矢のような速さで下ってくる船影が見えた。こちらも灯りを点していなかった。

挟み撃ちされていた。

「政吉どの、船足を上げてくれ。後ろの猪牙は気にせずともよい。前方の早船の動きだけに注意を向けてくれ」

「合点承知の助だ」

と政吉が見習いになにごとかを命じた。

二丁櫓が目まぐるしく操られ、そのせいで船足が上がった。

幹次郎は、

「宗吉どの、場所を替わってくれぬか。そなたは頭取の身をお守りしてくれ」

とふたりの位置を替えた。

幹次郎は屋根船の棹を片手で摑んで小脇に抱えた。

上流から迫りくる船は猪牙ではなかった。町方役人が見廻りに使うような大型の早船だ。

きいっ
水上に猿の鳴き声が響いた。

「傀儡子の七縣堂骨鋒の飼う人喰い猿にございますな」

四郎兵衛が言う。

「骨鋒と菊水三郎丸、それに羅刹のようでございます」

幹次郎は闇を透かして急接近する早船との間合を測っていた。

政吉の屋根船と早船はすでに二十間（約三十六メートル）と間合が詰まっていた。

早船の舳先では羅刹が飛び上がってこちらを威嚇した。その間にもふたつの船は間合を半分に縮めていた。

羅刹が吼える早船が政吉の屋根船へと圧し掛かるように迫った。船の大きさと勢いが異なった。ぶつかれば下流から漕ぎ上がる屋根船は木っ端微塵に砕けるかもしれなかった。

幹次郎は片手の杯を摑み直した。

迫りくる早船の舳先で、羅刹が今にもこちらの船に飛びかからんという構えで飛び上がった。

菊水三郎丸も赤柄の長槍を突き出そうと構えていた。

その瞬間、幹次郎は、

「発止！」

と杯を羅刹に投げた。

杯が七、八間に迫った早船の舳先で跳躍した羅刹の肩口に当たり、

ぎえぇっ！

と叫び声を上げた羅刹が水上に転落した。

骨鋒がなにか叫んだ。

幹次郎は小脇の棹を両手に持ち替えると、迫り来る早船の舳先下を、

ええいっ

と突いた。

早船の舳先が大川の中央へとくるりと向きを変えた。

早船の向きが変わったために菊水は槍を突き出す機を失い、両船は一瞬船腹をぶつけ合うほどの間合ですれ違い、離れていった。

幹次郎の杯礫で流れに落とされた羅刹の鳴き声が水上に響き、後方から追跡してきた猪牙舟が羅刹を助けようと近づいているのが確かめられた。

だが、それも一瞬のことで、二艘の船は闇に没し、政吉と玉三郎が必死で櫓を操る息遣いだけが響いていた。

「あやつら、やはりこの界隈に巣くっているようだ」

四郎兵衛が言い、

「父つぁん、もはや急ぐこともあるまい」

と政吉に声をかけた。

今戸橋の船宿牡丹屋に四郎兵衛らが到着したとき、山谷堀の船宿は柳橋辺り

からきた遊客でごったがえしていた。

「父つぁん、いい船旅でしたよ」

と四郎兵衛が酒代を渡し、政吉が、

「こっちひとりならばさ、川の流れに飛び込んでもいいが、七代目を土左衛門(どざえもん)にしちゃあならねえと冷や汗掻きましたぜ」

と苦笑いして、

「神守様、助かったよ。礼を言うぜ」

「それがしの仕事でござる」

と幹次郎が受け流した。

大門を潜り、四郎兵衛を会所に送り届けた幹次郎は、伏見町に足を向けた。

三筋楼の現場をいま一度確かめたいと思ったからだ。

路地を入ると三筋楼には足場が組まれ、筵(むしろ)がぐるりと取り囲むように下げられていた。だが、血の臭いは筵の向こうから容赦なく漂ってきた。

幹次郎は三筋楼の奥へと進んだ。すると幅半間(約九十センチ)あった路地はその半分ほどに縮まり、狭い辻に出た。

吉原の裏手に張り巡らされた蜘蛛道だ。

人影がぎょっとして足を止めた。

「驚かしたか」

幹次郎の声に闇を透かしていた若い声が、

「なんだ、会所のお侍か」

と応じた。

若い衆の体から油の臭いがした。

引手茶屋から大見世が続く仲之町から五丁町が吉原の光なら、その奥に広がる裏町は吉原の虚飾を支える闇だった。

「油屋の若い衆か」

「五十間道北裏の油問屋、あぶら屋彦兵衛(ひこべえ)の奉公人ですよ。行灯の油を配達して歩いているのさ」

三筋楼に接してあぶら屋の油蔵があるらしく若い衆は油樽を蔵から出していた。

「三筋楼で嫌なことがあったってねえ、独りでいるのは気味が悪いぜ」

「大勢が殺されたたな」

「裏見世なんぞを狙わずに表の大見世を襲うがいいじゃないか。盗んだ金子だって何倍も違うぜ」

あぶら屋の奉公人は三筋楼を襲った賊が物盗りと思ったか、そう言った。

「そなたも気をつけよ」

「あぶら屋の配達人を襲っても懐に一文だって持ってはいませんよ。廓内じゃあどこも晦日に番頭手代が掛取りに回るんだ」

と若い声が言い、幹次郎は伏見町へと戻っていった。

第五章　吉原炎上

一

十一月に入り、木枯らしが吹いて酉の祭がいよいよそこまで迫ってきた。

吉原会所では一の酉の日に向けて厳しい警戒態勢に入った。一方、四郎兵衛は面番所に出向き、町奉行所隠密廻り同心に、

「吉原で事を起こし江戸騒乱を招く企みあり」

という情報が齎されているゆえ、格別の警戒をと願った。だが、居合わせた南町奉行所内与力の代田滋三郎が、

「四郎兵衛、面番所をどこと心得ておる。明暦の大火以来廓内に睨みを利かせてきたのじゃぞ。酉の祭の警固くらい心得ておるわ」

と一笑に付し、

「頭領たる四郎兵衛がそうかりかりしていては、一の酉までもたんぞ」

と同心の村崎季光までが上役の代田に追従するように笑った。

四郎兵衛はそれでも、

「なにごともなければそのときは四郎兵衛の懸念を笑うてくだされ。ですが、警固方宜しゅうお願い申します」

と最後まで頭を下げ続けた。

御免色里の吉原は江戸町奉行所の支配下にあり、南北両奉行所の隠密廻り同心が大門を入った左手に詰めてはいた。だが、実際の吉原の自治と警固は吉原会所が掌握していた。

長年に亘り、吉原会所が懐柔してきた結果だ。

そのことが裏目に出ることもあった。

面番所の内与力や同心らは会所から密かに渡される付け届けと奢った口にも美味な三度三度の膳のために吉原に出向くのであり、実際にはなんの役にも立たなかった。

「こちらは猫の手でも借りたいゆえ面番所を訪ねてみたが、役に立たぬということを改めて知らされただけであったわ」

会所に引き上げてきた四郎兵衛が幹次郎や仙右衛門らの前で吐き捨てた。

「七代目、面番所の役人はこの際数に入れねえで、動きましょうか」

と仙右衛門が言い、

「廓内ばかりか鷲神社までの警備となると鳶の連中の手を借りても手薄じゃな」

と四郎兵衛が吉原界隈を描いた絵図面に視線を落とした。

このような動きはすべて会所からお香を通じて松平定信へと報告されていた。

間もなく正午の刻限だ。そろそろ昼見世が始まろうとしていた。

「神守様はお出でかと、客が見えてます」

若い衆の金次が奥座敷に知らせてきた。

「どなたかな」

「左吉さんと申しておられます」

「おおっ、身代わりの左吉どのか」

と答えて幹次郎が立とうとすると四郎兵衛が、

「先日の礼も詫びも左吉さんに申し上げておりません。神守様、左吉さんをこちらに招じてくれませんか」

と願った。

頷き返した幹次郎は会所の表口へと出た。すると広い土間に左吉が立って格子窓の向こう、待合ノ辻を物思いに耽るように見ていた。

その半身が薄闇に沈んでいつもより左吉の痩身に疲労が浮かんでいた。

唐桟の裾を尻端折にして股引を穿き、その上に縞の渋い羽織を着ていた。

旅仕度とも思えなかったが、どこからか昼夜を徹して歩いてきた、そんな様子があった。

「左吉どの、よう参られた」

ゆっくりと視線を巡らした左吉が、

「久しぶりの吉原だが、街道の風情とはやはり格段に雰囲気が違いますね」

と漏らした。

「左吉どのは旅に出ておられましたか」

「商いとあらばどちらでも行きますよ」

左吉の本業は身代わり業だ。数多ある江戸の大店の主が、博奕に狂ったり、公儀の触れに商いが差し障ったりした折りのことだ。主自身が番屋で取り調べを受け小伝馬町の牢屋敷に入牢するとなると店は倒産し、奉公人は職を失い、取引先にまで迷惑が生じかねない。

そんな場合、身代わりの左吉の出番だ。その大店の主になり代わって牢屋敷に入るのだ。むろん町奉行所や牢屋敷、さらには公儀の筋には大店からそれなりの金子が渡され、身代わりである事実に目を瞑った。これが左吉の生業だった。

「左吉どの、四郎兵衛様が過日の礼を申し上げたいので、奥座敷に上がってほしいと申しておられるがどうかな」

と訊いた。

「吉原の大旦那衆や七代目に会うなんぞは肩肘が張ります。ご遠慮致しましょう」

あっさりと断られるはずが、

「わっしのほうも無沙汰ばかりだ、四郎兵衛様にご挨拶を申し上げたい」

と願いを聞き入れ、

「ちょいと足元が汚れておりますが御免なすって」

と絡げた裾を下ろして、懐から出した手拭いで裾や足の埃を払った。

「ようお出でなすった」

会所の奥座敷に四郎兵衛と仙右衛門が待ち受け、左吉と対面した。

「七代目、お久しぶりでございます」

左吉の挨拶に四郎兵衛が、

「左吉さん、円頓院の一件じゃあ、せっかくの左吉さんの働きを無駄にしてしまいました。申し訳ない」

と謝った。

「七代目、そのお陰で神守様の凄腕を間近で見ることができました。さすがに四郎兵衛様が見込まれた人物だ、恐ろしい方ですね」

と左吉が円頓院の総執事を厠で始末した光景に触れた。

「生臭坊主が道を踏み外すからああいう目に遭う」

と独り言のように漏らした四郎兵衛が、

「左吉さん、酉の祭が無事に終わった暁にはちょいと時間を作ってくださいな」

「七代目、神守様とのお付き合いをわっしも楽しみにしておりますんでねえ、会所がなにかと気遣うことはございませんぜ」

とあっさり断った。

「左吉どの、なんぞそれがしに用事かな」

幹次郎が話を転じた。

「人喰い猿を連れた連中、吉原界隈に姿を見せましたかえ」

　幹次郎は左吉と一緒した寛永寺円頓院の出来事以来の、鍬形精五郎がしのけた伏見町の裏見世の十一人殺し、土手八丁での大名家のご用人殺し、さらには四郎兵衛の乗った屋根船を菊水三郎丸、七縣堂骨鋒と羅刹らが襲った事件の経緯を話し、

「その後、ぴたりと気配が消えました。この数日、鳴りを潜めておりましてな、却って不気味に思うております」

　と話を締め括った。

　左吉はその話に驚く様子もみせず、

「ちょいと本業で品川宿に参りましたんで。そこでねえ、耳にした話がございます。南品川の女郎屋蔵八に三人組と思しき風体の客が上がり、翌朝七つ前に引き上げたそうなんで」

「ほう、品川にな」

　四郎兵衛が異なことを聞くという体で応じた。

「その半刻後のことでさあ。蔵八の別座敷で女郎と客が刺し殺され、客の所持金百七十両がそっくりと消えていることが分かって大騒ぎになった。客は江戸に掛

取りに行った帰りの沼津宿の商人でねえ、手代が従っていたんで。それで盗まれた金子の額も分かりました」

「三人組の仕業と推測されますので」

幹次郎が問うた。

「三人組には飯盛女がべったり侍っていたそうです。品川では七つに発った客三人を努々疑ってはいません」

「客と女郎はどのような殺され方をしておりましたか」

「へえ、ふたりの首っ玉に鋭い咬み傷が残されておりましたそうな」

「猿の羅刹め、神守様が流れに落としたが命は助かったようだな。左吉どの」

仙右衛門が身を乗り出して訊いた。

「わっしは傷口を確かめたわけではございません。だが、土地の御用聞きに鼻薬を利かせたところ、どうもあやつらが伴っておる人喰い猿の仕業と思えるのでございますよ」

「左吉さん、いつのことだ」

「七代目、三日前のことでございますよ」

「私らが大川で襲われた翌日のことだ」

と四郎兵衛が呻いた。

左吉の話はそれで終わらなかった。

「番方、わっしもねえ、三人組が江戸から離れる駄賃にやりのけた殺しかと思いましてねえ、六郷川を渡りました。すると品川宿の翌日、神奈川宿の女郎屋でも同じように騒ぎが起こっておりましてねえ、ここでは客ひとりが殺され、三十七両ばかりが盗まれておりました。死因は例の咬み傷でございますよ」

「やはり菊水三郎丸ら一行は羅刹を連れて江戸を離れているのであろうか」

四郎兵衛が首を捻り、

「猿を伴った三人組が白昼見かけられたのは平塚宿でございました。神奈川宿の翌日、一膳めし屋で酒食を済ませた一行が箱根の方角に足早に去ったということを確かめ、わっしは江戸に戻って参りましたので」

と左吉が話を締め括った。

「左吉さんの話をどう思いなさるな」

四郎兵衛が幹次郎と仙右衛門に視線を送った。ちらりと幹次郎を見た仙右衛門が応じた。

「真っ正直に受け止めれば野郎ども、ひと稼ぎした江戸から離れるの図と思えます。だが、こやつらの動きを素直に信じてよいものか」

「番方、酉の祭には三人組が人喰い猿を連れて戻ってくるというのだな」

「そんな気がするんですがねえ」

四郎兵衛の目が幹次郎に向けられた。

「左吉さんが東海道筋のあちらこちらで聞き込んだ三人組が菊水三郎丸、七縣堂骨鋒、鍬形精五郎三人と人喰い猿の羅刹と見て間違いございますまい。あとは奴らが用心深くも江戸を離れたとみるか、番方が推測なされたように見せかけと判断するか」

「神守様はどう思いなさるな」

「それがしも江戸に、この吉原に戻ってくるような気が致します」

幹次郎の返答に四郎兵衛が頷き、最後に左吉が、

「作為が見え隠れしていることはたしかでさあ」

と賛意を示した。

「今日明日にも江戸に舞い戻ってくると考え、われらはこれまで通りの警固を続けますぞ」

四郎兵衛が会所の方針を改めて宣告した。

「左吉さん、吉原で体を休めていきませんか」

と左吉に四郎兵衛が話しかけた。

「思いがけなくも数日江戸を留守にしましたんでねえ」

と答えた左吉が立ち上がろうとした。

四郎兵衛が用意していた袱紗包みを出し、

「左吉さんに思わぬ汗を流させせましたな。路銀の足しにしてください」

と左吉の前に滑らせた。

「七代目のせっかくの志だ、頂戴します」

左吉が袱紗包みを両手で押しいただくと懐に入れた。その態度にはなんの悪びれたところもなく素直だった。

幹次郎は大門の外まで左吉を送っていった。

「わっしらの判断が当たっているかどうか、一の酉の夜には答えが出ましょう」

「なんとしてもそのような企ては阻止したい」

「へえっ」

と答えた左吉が、

「神守様、今日はこれで。だが、先夜にも申し上げましたが乗りかかった船だ。

最後まで同乗させてくださいな」

「左吉どの、勝負は一の酉の夜だ」

頷き返した左吉がくるりと背を向けると五十間道を上がっていった。


昼見世が終わったあと、幹次郎は独り、下谷山崎町の津島傳兵衛道場を訪ねた。そろそろ道場では夕稽古が始まる刻限で、師範の花村栄三郎が、

「神守どの、珍しい刻限に参られたな」

と迎えた。

「先生にちとお願いの筋がございまして」

「先生は奥で客に応対しておられる」

「長くかかりそうですか」

「なあに、そなたも承知の佐久間様が知り合いを連れて参られて最前から剣術談義に興じておられるところだ。参られよ、それがしが案内致す」

と花村が幹次郎を道場の奥に接した津島家の居宅に連れていった。

「先生、神守どのが何事か願いの筋があると参上しておりますので、こちらにお連れしました」

「噂をすれば影か」

と答えたのは佐久間だ。

「佐久間様、神守どのの噂とはなんですか」

花村が廊下に座しながら訊いた。

その様子に幹次郎もその傍らに控えた。

「神守どの、座敷に入られよ。それでは話もできぬ」

と傳兵衛が座敷へと差し招いた。

幹次郎は津島と客のふたりに会釈して座敷に入った。

幹次郎を案内した花村が道場に戻った。

「神守どの、佐久間様は承知じゃな。もうおひと方は新御番頭渡部能登守様だ。渡部様は柳生新陰流の皆伝者であられる。佐久間様とは剣術仲間、その誼で本日わが道場を訪問なされたが、ありていに言えばそなたの話に先ほどから終始しておった」

「それがしの話にございますか」

「佐久間様が渡部様に三人連れの道場破りのことをお話しなされたでな、渡部様はそなたの顔を見に来られたのだ。あやつども江戸の処々方々の道場に出向き、悪さを繰り返しているというではないか」

幹次郎は頷いた。

「猿を連れた三人連れ、その後、そなたの前に姿を見せたか」

「津島先生、そのことで本日こちらに参上した次第にございます」

「なにがあった、忌憚なく申せ。ここにおられる方々は身内同然だ」

と傳兵衛に命じられ、迷った。だが、話さねば使いの役目は果たせなかった。

そこで幹次郎は、三人組が田沼一派の意を含んだ刺客であった事実などは伏せて、これまで三人組が起こした惨劇の数々を告げた。

幹次郎の話が終わってもしばし一座からはなんの言葉も返ってこなかった。

「われら、幕閣の端に連なる者じゃが、そのような話、これまで一切聞かされたこともない」

と渡部がつい漏らした。

「このこといかに」

と傳兵衛が言う。

「吉原の裏見世の一件はむろん町奉行所には面番所を通して報告してございます。ですが、騒ぎは廓内にもごく一部の者にしか知らされておりませぬ。またさる大名家のご用人が土手八丁で襲われしこと、大名家としても公にはせず病死として内外に告知してございます。さらに寛永寺円頓院に三人組が隠れ潜んでいた一件も差し障りありとして内密に付されてございます」

「待て、神守どの。吉原にかくの如き大事を内密にする権限など持たされておらぬ。まず幕府の所管の役所が動くのが決まりごとじゃあ。この一件、幕閣のだれも存ぜぬとはどういうことか」

渡部が決めつけるように言い、返答を迫った。

「いえ、さような事態ではございませぬ」

幹次郎はどう返答したものか困惑した。

「神守どの、渡部様の疑問も当然のこと、そなたが伏せておられることを話されぬか。そうしなければこの話、道理が通るまい。また渡部様方も得心なさるまい。どうだな」

傳兵衛のとりなしに幹次郎は沈思した。

「どうだ、神守どの、話を聞いて内密にせよと申されるならば、われらにもそのつもりはござるぞ」

と佐久間も言い添えた。

「話せぬか」

傳兵衛もさらに返事を迫った。話さなければ、幹次郎が津島道場を訪ねた願いも披露できないし、話も先に進められなかった。

幹次郎は覚悟した。

「申し上げます。渡部様、佐久間様、吉原が勝手に暗躍しておるような誤解が生じたとすればお互いに不幸にございます。まず申し述べたいことは一連の事件の背景には、幕閣の暗闘が隠されているということにございます。津島道場に現われた三人組を雇いし者は、つい最近まで幕閣の実権を長年握っておられたお方に繋がる元国家老にございます」

「幕閣の実権を長年握っておられた方とは田沼様のことだな、その筋に繋がる元国家老が暗躍しておるとな。その名、明かされぬか」

佐久間がさらに迫った。

「今は亡き田沼意知様の国家老であった人物、大日向正右衛門にございます」

「なぜ大日向某はそなたの暗殺を企て、吉原を敵にし、江戸での騒乱を企てたのであろうか」

渡部の質問は矢継ぎ早だった。

「田沼様復権がなによりの狙いかと存じます」

「松平定信様の改革が緒についた今、無理なことだ」

と渡部が言い切った。そこで、

「いかにもさようでございます」

と答えた幹次郎は、

「松平様のご側室お香の方様が、吉原に縁の方と渡部様はご存じですか」

と話を展開した。

「いや、知らぬ」

渡部が答え、

「それがし、そのような噂を聞いたことがある。たしか白河城下にお住まいでなかったか」

と佐久間が応じ、頷いた幹次郎が、

「前老中の残党が松平様のご寵愛のお香の方様を勾引(かどわか)そうと企てたことがございます。その目途(もくと)も田沼様復権に向けてのこと、松平様と吉原の関わりに楔(くさび)を打ち込むことにございます」

「なんという馬鹿げた話か」

幹次郎の告げた話をなぞってその真偽を確かめるように渡部が口を噤んだ。

「神守どの、そなた、お香の方様を承知か」

と佐久間が訊いた。

「陸奥白河から田沼派の刺客を避けつつ、お香の方様の江戸入りを共にして参ったのは吉原会所とそれがし夫婦にございます」

「なんとのう。して、お香様はただ今江戸におられるのか」

「はい、下屋敷にてお健やかにお暮らしにございます」

しばし佐久間が沈黙し、

「神守どの、そなた、老中松平定信様と面識があるようだな」

と問うた。

幹次郎はただ頷いた。

「ということはそなたが話した話すべて、幕閣に伝わっておると考えてよいのだな」

「はい」

幹次郎の明快な返答に、佐久間が渡部の顔を正視すると、

「この話、われらの関知すべきことではござらぬ、渡部どの」

「いかにもさよう」

と渡部も険しい顔に戻して答えた。

「神守どの、本日、それがしへの願いとはなんだな」

傳兵衛が最後に問うた。

「この一件に関連してのことです。吉原会所七代目頭取四郎兵衛の口上の向き申し上げます」

「聞こう」

幹次郎が用件を告げると、

「江戸の騒乱を未然に防ぐ手伝いか。わが道場の総力を挙げて助勢致す」

と即答し、渡部までが、

「それがしの出番はないか」

と幹次郎に願った。

二

不気味にも静まり返った日々が吉原に続いた。

一の酉を二日後に控えた朝方、四郎兵衛会所にひとつの情報が齎された。揚屋町の妓楼夕凪楼に押送船の船頭らが上がり、一夜賑やかに遊んでいった。その敵娼を務めていた遊女に漕ぎ方の若い衆が、

「相州小田原城下」

で起こった惨劇を寝物語に喋ったというのだ。その遊女から遣手に伝わり、それを遣手が帳場に話したので女将のおすえが、

「他国の話だが一応会所に報告しておくれ」

と番頭を会所に出向かせ、番方の仙右衛門らの耳に入れたのだ。それによると小田原宿の飯盛旅籠に猿を連れた三人の武芸者が泊まり、主夫婦ら六人を殺害して金子三百余両を奪い、箱根の山へと消えたというのだ。

「番頭さん、押送船の船頭衆はもう楼から引き上げたんだね」

仙右衛門が念を押して訊いた。

「あの手の客は格別朝が早いや。昨夜の宵の口から上がってさ、楼を上げてどんちゃん騒ぎして寝間に引き取ったのが四つ前かねえ、船頭が帳場で支払いを済ませて楼を出たのが七つ前だったよ。やはりさ、命を張って稼ぐ男衆の遊びは気持ちがいいね」

と番頭は遊び方に感心した。

「馴染かい」

「いや、初めての客だが、馴染のようにさっぱりと遊んでいったね」

「船頭の名はなんだ」

「露兵衛さんといったかねえ、無口だがなかなかの貫禄があったよ。さすがに板子一枚下は地獄の海、そいつを乗り切って金を稼ぐんだ、使いっぷりも見事だったよ。船頭が漕ぎ方六人の遊び代も払ったんだよ、よほど水揚げがよかったかねえ」

番方の仙右衛門と幹次郎のふたりは、無駄足は承知で日本橋の魚河岸に飛んだ。だが、相州小田原湊の露兵衛船頭の押送船は、すでに日本橋界隈の河岸には見えなかった。

江戸の台所、魚河岸には木更津、鎌倉、小田原と旬の魚や祝い鯛を積んで、一気に何丁櫓もの押送船で乗り込んでくる連中がいた。鮮度が命で、売値が大きく変わる旬の魚を扱う連中だ、その行動は大胆で迅速だった。

「押送船の連中は一刻を争って突っ走りますからね、七つに吉原を引き上げたとしたら、今ごろは江戸の内海のど真ん中ですぜ」

と仙右衛門が悔しそうに言い、

「番方、船頭衆が喋った話、菊水三郎丸ら三人組と羅刹でござろうな」

と幹次郎は念を押してみた。

「いきなり小田原に奴らが姿を見せたと聞かされれば首も捻りますが、身代わりの左吉さんが品川宿から平塚宿まで奴らのあとを辿っておられる。順からいけば小田原宿に姿を見せたって不思議はない。まず羅刹を連れた三人組と断定してもようございましょう」

「そこだ」

「神守様はなんぞ訝しいと思われますので」

「あまりにな、三人組は丹念に動きをこちらに分からせようとしているようでな、そこが気にかかる」

「わっしもその辺は釈然としませんや。だが、左吉さんは偶然にも品川宿での騒ぎに出くわし、六郷川を渡って追跡なされたんだ。奴らの目眩ましに騙されるようなお人じゃない。それに押送船の連中だって、寝物語につい話したとすると作為はないと考えられますぜ」

「番方、菊水三郎丸らは田沼残党に金子で雇われておった。その江戸騒乱の企てに加担せず、真に江戸を離れたと申されるのじゃな」

「奴らの立場で考えてみましょうかえ。田沼様一派の残党に頼まれ、田沼様の老中復権を夢見てみたがねえ、江戸に出てみるともはや時代は松平定信様へと変わっている。それに吉原には神守幹次郎様という裏同心も控えていた。彼らは津島道場をはじめ、何度か神守様と対決して存分に腕の違いを知りました。最後に四郎兵衛様の乗る屋根船を襲ってみたが神守様ひとりに敗北を喫し、羅刹は川に叩き落とされた。そこで江戸を離れることを決断したんじゃございませんか」

「負け戦には加担せず、どこぞに高飛びする。身過ぎ世過ぎをこのような稼業で重ねてきた者の冷静な判断とも思える。江戸でもやつらなりにいくつかの凶行で大金も稼いでおりますからな」

「一応符節が合ってませんかえ」

ふたりは魚河岸から吉原への道を辿りながら言い合った。

「辻褄(つじつま)が合い過ぎるところがどうもな」

「ともあれ酉の祭は直ぐそこだ。わっしらも手を緩めず待ちましょうか」

両人が吉原の大門に戻りついたのが昼過ぎのことだった。いつものように仙右衛門は表口から会所に入り、裏同心の幹次郎は江戸町一丁目の路地へと回った。

そこで幹次郎は思いついて、足を揚屋町の夕凪楼へと向け直した。

夕凪楼は小見世だ。

「御免なされ」

と暖簾を潜ると、押送船の連中の話を会所に伝えた番頭が見世先で出入りの貸本屋と話していた。

「おや、お侍。まだ訊きたいことがありますんで」

貸本屋が大風呂敷に包んだ荷を背負うと、

「番頭さん、わっしはこれで」

と表に出ていった。

「番頭どの、日本橋まで足を延ばしてみたが、連中の船はもう河岸を離れておった」

「そりゃ、無理ですよ。あの連中はすばしこいのが身上だ。もたもたしていると魚が腐りますからね」

と答えた番頭が、それでなんだという顔をした。

「小田原宿の飯盛旅籠の騒ぎを客から直に聞いたという女郎に会いたいのだ」

「昨日は押送船の連中で貸切りだ、居続けの客もいません。女郎は揃って板の間で昼飯を搔っ食らってますよ」

と幹次郎を台所の板の間に連れていった。すると箱膳を前に思い思いの恰好で遊女たちが焼いた秋刀魚で飯を食していた。そんな女郎から禿まで十数人の女たちが一斉に幹次郎を見た。

「おや、汀女先生の旦那のご入来だよ。隠れ遊びかい」

秋刀魚を箸で挟んで口に持っていきかけていた番頭新造が興味を示した。

番頭はそれに応じず、

「桂木、おまえがゆんべの客から聞いた話をもう一度神守の旦那に申し上げるんだ」

とひとりの女郎に命じた。

立て膝をして秋刀魚の身を骨から外そうとしていた遊女が丸い顔を向けた。二十歳前か、まだ吉原の水に馴染まないのか、塗りかけの化粧の顔に在所の香りが漂っていた。

「小田原の話をまたするの」

幹次郎は桂木の前に座した。

「桂木、客は押送船の船頭に間違いないか」

「お侍、あんな日に焼けてさ、魚臭い連中が他にいるもんかね。それにさ、二の腕なんか私の太股くらいあったよ」

と姉さん女郎が桂木に代わって答え、

「まるで私らをさ、河岸で鮪を転がすみたいに扱ってさ、それがなんとも堪えられなかった。姉さん、昨夜短い間に三度もいかされたよ」

とさらに別の仲間女郎が話に加わった。

「呆れた。初めての客に大股広げっ放しかえ。椿はほんとにあっちが好きだねえ。あたしなんかもう面倒だよ」

と番頭新造らが話に加わり、幹次郎の用事を掻き回した。

昼見世前、一時の気ままな時間を過ごす女郎たちの口は遠慮がない。桂木はそんな姉さん方の話を黙って聞いていた。

「桂木、そなたもそう思うか」

幹次郎の問いにしばし考えた桂木が、

「相州から江戸の内海に入るとき、城ヶ島沖を回って浦賀沖までが怖いんだって真剣に話してくれました。あの人、船頭に間違いございません」

と答えていた。

「小田原城下の旅籠に猿を連れた客が上がり、その客が帳場を襲って主夫婦らを殺し、金子を盗んでいったとそなたに話したのだな」

「はい」

「なぜ三人組の仕業と分かったのであろうな」

「なんでも露兵衛さんの敵娼の女郎衆がひとりだけ助かったとか。廻しの客の座敷に行き、そのあと、三人組の座敷に戻ろうとして厠に立ち寄ったところで、階下の騒ぎを耳にしたそうなんです。でも怖くて身動きできなかったとか。猿を肩に乗せた三人組が箱根の方角に走り去るのを厠の格子から見ていたそうです」

桂木の話を聞いて、小田原からの押送船の連中が、

「ほんもの」

の船頭だと幹次郎は改めて知らされた。そして、小田原の惨劇がどうやら真実らしいことも分かった。

「桂木、邪魔をしたな」

「あら、それで用事は終わりかえ。時にさ、汀女先生からわちきに乗り換えておくんなまし」

と番頭新造が幹次郎に冗談を投げた。

幹次郎が会所に戻ると津島道場の師範の花村栄三郎がこちこちに緊張して、四郎兵衛と対面していた。

「師範、お見えになっておられましたか」

幹次郎の言葉に花村がほっと安堵の表情を見せた。

「神守どのか、それがし、不調法でな、吉原の大門をこれまで潜ったことがない。あまりに艶っぽい景色にな、つい錯乱して隣の茶屋に入ってしまい、最初から恥を掻いた」

「それがしが留守をして申し訳ないことを致しました」

と幹次郎が詫びると四郎兵衛が、

「神守様、汀女先生と玉藻にいきなり接待されたようで、こちこちになっておられるところを番方が気づいてこちらに伴われた」

と笑った。

「それがし、あのおふたりを花魁と勘違い致してな、まさかおひとりの方が神守どのの妻女どのとは、驚いたぞ」

花村がようやく落ち着きを取り戻した。

「花村様、吉原は宵からが賑やかでしてな、酉の祭ともなれば物凄い人出にございますよ」

「それがしほどではござるまいが道場の門弟はおよそ朴念仁が多うございましてな、われらが賑やかな色里に立って、なんぞ役に立ちましょうかな」

と花村がそのことを案じた。

「花村様、遊里は仲之町から五丁町にかけて人込みもさることながら、なにかと仕来たりやら決まりごとがあるところにございます。津島道場の面々には鷲神社から吉原周辺の外回りの警固に当たっていただきたいと考えております」

「津島先生からなんでも会所の命に従って動くよう指示がございました。頭取、遠慮のう言いつけてくだされ」

幹次郎は先だって酉の市の警固に津島道場の門弟の力を借り受けることを四郎兵衛に献策し、四郎兵衛が、

「津島先生、ご承知いただけましょうかな」

と首を捻った。そこで幹次郎が使いに立って津島傳兵衛に願うと、

「江戸騒乱を企てるなど真にもって怪しからぬ者どもかな。日ごろから府内で道場の看板を掲げる以上、江戸が騒乱に陥るのを防ぐことに努めるのは当然のことにござる。それがし、自ら門弟一同を率いて吉原に出馬致す」

と張り切った。幹次郎は、

「先生直々のご出馬は恐れ多うございます。お許しいただけるならばご門弟衆で警固隊を組織して、酉の祭の行われる鷲神社から吉原を見廻っていただくことで大いに助けになりましょう」

と津島傳兵衛自らの出馬を遠慮した。

そこで師範の花村栄三郎が長になり、門弟衆三十人の酉の市特別巡邏隊が選抜されて、花村がその報告旁下見に来たところだ。

「三十人も津島道場の門弟衆のお力を借り受けられるのはなんとも心強いことにございます」

と答えた四郎兵衛が、

「番方、特別巡邏隊三十人を六人一組として、い組からほ組の五組に分け、それぞれ持ち場を分担して吉原外の警備に当たってもらいましょうか」

と指示を出した。

「花村様、門弟衆は明日、当地に参集なされますな」

「その心積もりでござる」

「神守様、まず花村様に吉原内外をご案内申しなされ。その後、宿舎となる五十間道裏の家を番方と一緒に訪ねなされ」

と四郎兵衛が幹次郎に、吉原が不案内という花村の案内役を命じた。

「承知致しました」

幹次郎はまず花村を大門へと改めて連れていった。

「師範はこの道をお出でになりましたな」

「日本堤からこの坂道へと参りました」

「吉原を訪ねるにはこの五十間道から大門がまず大方の客が通る道筋にございます。両側にあるのが引手茶屋と申しまして、師範がいきなり飛び込まれた山口巴屋と同じです。まず吉原に参る客の大半は廓外の外茶屋か仲之町沿いの内茶屋に入り、接待を受けたあと、妓楼に上がります。揚げ代と称する遊びの代金はすべて引手茶屋で支払います。妓楼では財布など持たずとも遊べる、それが粋とされておるのが吉原です」

「なにっ、吉原というところは金子を持たずとも遊べるのか」

「御免色里の吉原にはいろいろと他の遊里にはない決めごと、仕来たりがございます」

幹次郎は吉原に拾われて耳で覚えた知識を花村に伝えた。

「師範、ふだん吉原はこの大門だけが出入り口にございます。その高札にあるようにお医師以外は江戸町奉行といえども乗物で大門を潜ることは叶いませぬ。それもこれも遊女衆の足抜を防ぐためにございます」

「足抜とは遊女が逃げ出すことじゃな」

「いかにもさようです。ですが、明後日の酉の市は事情が大きく異なります」

幹次郎は仲之町に入ると水道尻に向かって花村を案内し、江戸町一丁目へと曲がった。そうしながら仲之町から五丁目の由来を話し、西河岸の木戸へと案内した。

「吉原の二万七百余坪は鉄漿溝と称する堀とあの高い塀に囲まれた遊里にございます。ところが酉の市の宵ばかりは鷲神社にお参りした客が裏門から吉原を通り抜けることができるのです。ほれ、あそこに上げられておる跳ね橋が下ろされ、閉じられていた門が開けられます。酉の市参拝の男女がふだんは来ない吉原見物にぞろぞろとやってくるというわけです」

「神守どの、江戸騒乱を企てる者どもは吉原の人込みを利用しようとしておるのか」

「津島道場に現われた三人組は、なにかと吉原を注視して参りました。われらは

「三人組が酉の市の吉原を狙うと推測しております」

花村には菊水らが小田原から箱根越えで逃亡しているかもしれないという事実を告げなかった。話が複雑になるからだ。

幹次郎は花村を切見世が並ぶ西河岸に案内した。

そろそろ昼見世が始まろうという刻限だ。

幹次郎は昼なお暗い切見世の間を開運稲荷の方角へと進んだ。すると、
にゅっ
と白粉で歳を隠した腕が出てきて、幹次郎の袖を摑んだ。

「なんだえ、会所の侍かえ。銭になる客を連れておいでな」

しわがれ声が言い、まだ袖を摑む手を幹次郎がそっと外した。後ろに従う花村栄三郎は驚きに身を竦めたままだ。

「会所の神守だよ」

西河岸の切見世を抜け、開運稲荷の前まで来ると花村は、大きく息を吐いた。

「驚かれましたか」

「吉原は若くて綺麗な遊女がおるところとばかり思うておりました」

「師範、吉原も人が住む場所にございます。若い花魁もいれば老いてなお身を売

らねばならない女郎もおります」

幹次郎は木戸を抜けて京町一丁目に出た。

格子の向こうに着飾った花魁衆が陣取り、昼見世の客に視線を向けていた。

「ここは、それがしが考えておった通りの華やかさだ」

と花村栄三郎が小さく呟いた。

剣術一筋に生きてきた花村は、吉原のすべてに仰天したようで感嘆したり、溜息を吐いたりした。

その花村が呆然と言葉を失くしたのは三浦屋の大籬の前だ。

籬の中に煌びやかな衣装の三浦屋の遊女衆や禿たちが座り、煙管を吹かしたりしていた。むろん張見世は夜見世が華やかだった。だが、御免色里に縁がなかった花村にとって長閑な昼見世も圧倒される極楽だった。

「神守様、知り合いをお連れくださいましたか」

ひとりの番頭新造が幹次郎に声をかけた。

「それがしが通う道場の師範でな、今年は格別に酉の市の巡邏を吉原会所がお願い申したのだ。そこでそれがしが廓の内外を案内しておるところだ」

「ご苦労でありんす」

と張見世の中の遊女たちが応じて、ひとりの振袖新造が吸い付け煙草を花村栄三郎に差し出した。

「こ、これをそれがしにか」

と動揺した花村が、それでも煙管を受け取り、一服吸った。その眼差しが偶然にも入り口の暖簾の向こうに向けられ、偶さかその場にいた薄墨の姿を捉えた。

むろん全盛を誇る花魁が張見世に出ることはない。薄化粧にふだん着の江戸小紋の姿が、煌びやかな張見世以上に、清雅にして美しく、幹次郎を見て微笑んだ。

その瞬間、花村は忘我として立ち竦んだ。

三

酉の祭を翌日に控え、江戸の町に木枯らしが吹き始めた。

「嫌な風だぜ」

と番方の仙右衛門が、五十間道の地面を嘗めるように吹く北風を睨んで呟いた。

昼見世にはまだ間のある刻限で吉原はどこか気だるい雰囲気を漂わせていた。

烈風に後押しされるように油樽を積んだあぶら屋の大八車が、がらがらと大門へと下ってきた。

「番方、風が巻いて目を開いてられねえよ」

大八車を引くのは先夜、伏見町の裏見世三筋楼の裏手で幹次郎が会った若い衆だった。大八車を後押しするのは年寄りで頬被りしていた。ふたりは仙右衛門にぺこりと頭を下げ、番方は頷き返し、先を行く若い衆に言った。

「杉吉さんよ、雨より風がなんぼかよかろうぜ」

「雨と風を比べられてもな。こっちは酉の祭を前にひと働きしなきゃあならないんだ」

と杉吉らの大八車は大門を潜り、仲之町を真っ直ぐに進んだ。

なんとなく両人は大八車のふたりを見送った。するとあぶら屋の車は角町へと曲がった。

「あぶら屋の若い衆、杉吉と申されるか。先夜、三筋楼裏の蜘蛛道でばったりと会いましてねえ、びっくりさせてしまいました」

「そういえばあぶら屋の油蔵が伏見町にもございましたな。油樽を客の混雑の中で運び込めませんからね、廓内の蜘蛛道のあちらこちらに小さな油蔵を設けてございますのさ。杉吉と玄造爺は、角町裏の油蔵に樽を運び込むところですよ」

と仙右衛門が幹次郎に教えた。

ざくざく

と足音が衣紋坂の上から響いて、白鉢巻に稽古着を着て木刀や稽古槍を担いだ一団が姿を見せた。隊列の先頭には花村栄三郎の姿があって、防具の胴を着け、なかなか勇ましい。

「津島道場の猛者連が姿を見せましたな。あれではまるで討ち入りか、戦に行くようだ。神守様、意気込みは買いますがこちらは客商売、あの姿はどうもいただけません」

と仙右衛門が苦笑いした。

「長屋に落ち着いたところで話します」

と幹次郎も困った顔で答えた。

隊列が五十間道の中ほどに差しかかり、坂の両側の引手茶屋から男衆や女衆が飛び出してきて驚きの目で見た。

花村栄三郎は薄墨太夫の思いもかけないもてなしに言葉もないほど感激し、仲之町に戻ったあとも、

「神守どの、それがし、西の市の夜、薄墨太夫の安らかならんことを念じつつ決

死の覚悟で働く所存にござる」

と決意を披瀝したものだ。その顔には放心したような表情が未だ漂っていた。

「師範のお気持ちを知られたら薄墨太夫も喜びましょう」

と応じた幹次郎は、

「師範、老婆心ながら申し上げます。薄墨太夫は当代一の太夫、雲の上の花魁です」

と釘を刺した。

「神守どの、分かっておる」

と答えた花村は昨日にも増して張り切る様子が全身から見えた。

「隊列、止まれ!」

大門前で大声を張り上げた花村が、

「吉原会所番方どの、われら津島道場の門弟三十と一人、酉の祭特別巡邏隊を命じられ、ただ今到着致しました」

と仙右衛門に報告した。

「ご苦労にございます」

仙右衛門が応じると花村が表情を崩し、

「一同休め」

の号令を発し、

「よいか、これが幕府官許の色里吉原の大門である。これより先が遊里ということだ」

と三十人の門弟に説明を始めた。

「師範、そんなことだれも承知ですよ」

と隊列の中から声がして、別の声が、

「まあ、われらにとって馴染の土地です」

と一蹴した。

「それがしは昨日、初めてこの大門の中に足を踏み入れたぞ。そなたら、稽古を怠けてなんということか」

「師範、大門前で野暮ですよ」

と師範と門弟らが掛け合った。

幹次郎は、

「番方、まずはご一同を陣屋に案内申し、その後、予ての手筈通り持ち場の巡邏に当たってもらいます」

と一同を宿舎に連れていくことにした。

「師範、陣屋はこの坂道の途中です」

幹次郎の言葉に頷いた花村栄三郎が、

「隊列、後ろ向け！」

と命じ、先頭にたったたったと走っていった。

吉原会所は遊里界隈に何軒もの家作を持っていた。津島道場の特別巡邏隊を受け入れることになったのは四郎兵衛の持ち家だ。

半年も前、五十間道の裏手にあった仕出し屋津ノ屋(つのや)が潰れ、四郎兵衛が買い取っていた。

仕出し屋の奉公人が大勢住み込んでいただけに部屋は十分にあったし、台所は広く三十人程度の門弟を受け入れても煮炊きはできた。

会所が用意した女衆が家を掃除し、夜具を運び込み、昼餉の仕度をしていた。すでに飯も炊き上がり、大鍋に味噌汁もでき上がっていた。

「腹が減っては戦もできぬと申します。昼餉のあと、警固を始めましょう」

と女衆に命じて昼餉の仕度を急がせた。

「師範、津島道場が西の市の巡邏に就いたという噂が立つだけで奴らへの牽制になります。一方、師範方が相手をするのは祭礼参拝と吉原見物に心を浮き立たせている連中です。日中の巡邏は、鉢巻、襷、防具などを外しての見廻り方をお願い申します」

「やはり防具は大袈裟かのう。出るとき先生も、その恰好で吉原に乗り込むのかと案じなされた」

と花村が苦笑いし、

「稽古着くらいはよかろう」

「その程度なれば却って巡邏隊が引き立ちましょう」

幹次郎は一同と昼餉を付き合い、五隊を引き連れて鷲神社に向かった。すでに明日からの酉の市に備えて露店の熊手売りは綺麗に飾りつけを終えていた。酉の祭に参拝に来られない人が、早めに熊手を買っていく姿もちらほらと見られた。

幹次郎は五隊の巡邏範囲を花村に指示し、持ち場を決めて位置に就かせた。

その手配りを終えて幹次郎が大門口に戻ったのは八つの刻限だった。するとそこに身代わりの左吉が立っていた。

「左吉どの、なんぞございましたか」

「いえね、どうも落ち着かなくてねえ、早めに吉原に足を向けました」

「左吉どのの聞き込みを裏づける話がございましたぞ」

「ああ、今、番方から押送船の船頭衆の話を聞いてねえ、猿を連れた三人組が小田原でまた非道をやってのけたというではありませんか。今ごろは箱根の向こうかと一旦は安心したんだがねえ」

と言葉を途中で呑み込んだ。

「それが却って気に入らぬと申されますか」

「神守様はどうですね」

「それがしも胸に痞えるような気分です」

「動きがあからさまではございませんかえ」

「気になりますな」

と言い合うふたりだが、胸におぼろな疑心があるだけで、確たる証しがあるわけではない。

「神守様、あやつらが江戸に舞い戻るならばどこに塒を定めるか、わっしなりに調べてみます」

と左吉が足早に五十間道に消えていった。

幹次郎は不安を胸に抱き、昼見世の里を独り巡視した。すると長吉が立ち会い、吉原に出入りの鳶たちが跳ね橋を動かして作動するかどうか確かめていた。

「長吉どの、なんぞ変わりはござらぬか」

「へい、あちらこちらと目を配ってはいますが、今のところ変わりはございませんや」

いつもは閉じられている門扉が開かれると鉄漿溝が覗き、竜泉寺村の入会地の刈り取られた田圃に雀が餌を啄んでいた。

風に吹き上げられたか、跳ね橋に溜まっていた落ち葉が、はらはらと幹次郎らに降りかかった。

遊里の外　落穂拾いの　群れ雀

幹次郎にそんな五七五が浮かんだ。

昼見世が終わり、清掻が流れ始めた夕暮れの頃合から一段と風が酷くなった。

「これ以上吹くと酉の市の祭礼に差し支えますぜ」

仙右衛門が気にした。

ふたりは夜見世の五丁町をふたたび巡回に出た。酉の市を前に客もいつもより少ないように見受けられた。

榎本稲荷から大門前に戻ってきたとき、幹次郎は灯りが入った大門に戸惑うように姿を見せた花村栄三郎を見ていた。

「師範、どうなされた」

「うーむ」

と花村栄三郎が曖昧な返事をした。

「巡邏に不都合がございますか」

「いや、なんともはっきりとしたことではのうて言い難い」

「師範、遠慮のう申されよ」

「最前からい組とほ組の見廻りに同道したのじゃが、この四半刻前からな、なんとなくだれぞに見張られているような気が致してな、そのことを報告したものかどうか迷いながらこちらに参ったのだ」

「参りましょう」

幹次郎は即座に吉原の外の巡察の検分に行くことにした。

「神守様、頼みます」

番方の言葉を背にふたりは大門の外に出た。鉄漿溝と高塀越しに大門の左手に曲がった。

烈風が両者を襲い、幹次郎が被った一文字笠をばさばさと揺らした。

遊里から明るい光が零れてきたが、それだけに鉄漿溝の外の闇は深く、濃かった。角を曲がり、西河岸の外に沿って鷲神社に向かった。

その瞬間、幹次郎は監視する眼に気づかされた。

「師範の懸念、分かりましてございます」

「やはり神守どのも感じ取られるか」

ふたりは小声で話しながらなおも進んだ。するとすでに開門の仕度を終えた跳ね橋の外に、は組の五人が立っていた。

小頭は臼田小次郎だ。

「異状はないか」

「師範、なんぞ先ほどから締めつけられるような殺気に包まれております」

と木刀を手にした臼田が報告した。

「それがしも神守どのに報告したところだ」

幹次郎はそのとき、
ふわっ

と殺気が押し寄せ、
ふうっ
と消え去るのを感じ取った。

若い門弟の中には思わず首を竦めた者もいた。

「師範、ひと回りしてみましょうか」

頷いた花村は臼田に、

「異変あれば手筈通りに呼子を吹け」

と命じた。

ふたりはなおも進んだ。すると行く手にぼんやりとした灯りが浮かんだ。一の酉を数刻後に控えた鷲神社の境内に点る露店の灯りだ。

ふたたび吉原の高塀に沿って角を曲がった。すると重田勝也が小頭の、に組が鷲神社の参道の警戒に当たっていた。

「師範、神守様、ただ今も境内を巡回して参りましたがなんの異変もございませぬ」

とこちらは報告した。

「異変の兆候があちらこちらで窺える。息を抜くでないぞ」

「承知しました」

両人が吉原の裏手に回ると闇が濃くなり、どぶの臭いが漂った。

「これはなんの臭いかな」

「われら、大門の突き当たりの外を歩いております。廓内では水道尻とも水戸尻とも呼ばれるところで、吉原が排泄(はいせつ)する下水が集まり、外に流れ出すところにございます」

「吉原と申すところは極楽とばかり思うてきたが、地獄に囲まれた浮島のようなところだな」

花村栄三郎が正直な気持ちを漏らした。

「師範、光を際立たせるために多くの闇を用意しておるようなところが吉原にございます」

と幹次郎が答えたとき、行く手の闇の中に驚きの声が上がり、争うような物音がした。

幹次郎と花村は刀の鞘元を片手に摑むと走った。

吉原の裏手、南西の角地に非人頭の車善七(くるまぜんしち)が支配する浅草溜があった。その辺りの闇で闘争が繰り広げられていた。

最前から弱まっていた烈風がふたたび強さを増して、走るふたりの背を押した。

吉原から漏れてくるかすかな灯りに、ろ組の面々が網代笠に杖を携えた白衣の集団に囲まれているのが見分けられた。

饅頭形の網代笠の縁に片手をかけた女首領の柘植おせん一統だ。

「助勢に参った！」

師範の叫ぶ声に守勢に回っていたろ組の六人が勢いづいた。だが、ふたりが助勢に加わるにはまだ距離があった。

幹次郎は、

「網代笠が投げられたら、地に伏せられよ。縁に鋭い刃がついて回転しながら飛来しますでな！」

と叫んで警告を与えた。

その直後、網代笠が虚空に舞い、

「それ、地に伏せられよ！」

と幹次郎がふたたび叫び、六人の門弟たちはぺたりと地面に伏せた。刃を光らせた網代笠が六人の体の上をくるくると舞い飛び、無益にも虚空を切り裂くとふたたび白衣の者たちの手に戻った。

闇の一角から鳥の鳴き声にも似た合図が発せられ、白衣の者たちは闇に紛れ込んだ。

「怪我はないか」

地面に這い蹲っていた門弟たちが立ち上がり、

「師範、あやつら、何者ですか」

と呆然として訊き返した。

「柘植おせんと申す紅衣を纏った女頭領に率いられた面々です。夜が深くなればまた必ず現われます。気配が見えたら、直ちに呼子を吹いて助勢を呼んでください」

幹次郎の言葉に六人が険しい表情で頷いた。

そのとき、吉原の外、南東側で新たな闘争の気配が生じた。

「持ち場を離れるでないぞ」

と命じると幹次郎と花村は走り出した。

その夜、幹次郎らは吉原の外をあちらこちらと飛び回らされ、引き回された。

女頭領に率いられた白衣の集団は幹次郎らを攪乱すると、さあっと闇に紛れ込む。そして、また新たな場所に姿を見せるのだ。

幹次郎らは二刻近くも翻弄され、引け四つの拍子木を聞いた。

そのとき、ふたりは大門前に戻っていた。

会所の前で長半纏の若い衆が集まっていた。通用口を潜った幹次郎が、

「なんぞあったかな」

と尋ねた。すると若い衆の中から小頭の長吉が姿を見せて、

「あぶら屋の杉吉さんが配達に出たまま戻らないというんで」

「廓内で行方を絶ったというはたしかか」

会所の中から番方の仙右衛門とあぶら屋の番頭が姿を見せた。

「わっしらが見送りましたあのとき、大八車を引いて大門を潜ったのを最後に姿を絶ったらしいんで」

「番方、大八車の後ろを押していた年寄りがいたな」

「玄造爺は夕暮れ、空の大八を引いて店に戻り、杉吉が独りで配達の残りを続けていたそうなんで。いつもなら六つ半には店に戻るのが、今の刻限まで帰らないというんですよ」

「廓内で訪ねる知り合いはおらぬのか」

五丁町の裏手には歓楽の町を支える人々が住んでいた。

「うちは殊(こと)の外(ほか)、遊里の中で歩き回ることに厳しゅうございましてな、杉吉はこれまで一度もそのような真似はしたことがありません」

と番頭が言い切った。

幹次郎は朴訥(ぼくとつ)そうな若者の風貌を思い浮かべた。

「番方、外でも最前から異変が起きておる」

と引き回された騒ぎの数々を手短に報告すると、

「会所から何人か人を割(さ)けぬか。師範に従い、吉原の周りの巡邏を強めたいのだ」

頷いた仙右衛門が、

「梅次(うめじ)、金次、花村様に従え。なんぞあれば直ぐに会所に知らせろ」

と命じた。

「これより直ちに巡邏に戻ります」

花村がふたりを連れ、大門の通用口に向かった。

「番頭どの、油蔵は伏見町、角町の他にもございますかな」

「九郎助稲荷の近くにもうひとつ」

大門の入り口から一番遠い場所が吉原の南に当たる九郎助稲荷だ。

「まず油蔵を一つひとつ確かめてみませんか」

幹次郎は番方に提案した。

「ようございます」

仙右衛門は番頭を一旦店に戻すと、提灯を手に仲之町を走り出した。

木枯らしが吹き荒れ、人の姿が消えた仲之町はどこか殺伐と幹次郎の目に映った。

(花魁道中が繰り広げられる仲之町か)

京町の辻を左に曲がった仙右衛門は二丁目の中ほどから楼と楼の間に口を開けた路地に飛び込み、真っ暗な蜘蛛道を抜け、右に左に折れて油の臭いがかすかに漂う場所で足を止めた。

油を保管する蔵の戸がわずかに開いていた。

「おかしい」

と呟く仙右衛門の傍らで幹次郎も異変を感じ取っていた。

油に血の臭いが混じっていた。

「番方」

「神守様」

両人は声をかけ合うと幹次郎が戸を引き開けた。

仙右衛門が提灯の灯りをさっと油蔵の中に突き出すと、油樽に背をもたれかからせた杉吉が恐怖に両目を見開いて死んでいた。そして、その首筋には人喰い猿の羅刹の牙と思える攻撃の跡がありありと残っていた。

「やっぱり野郎どもは戻ってきやがった」

「江戸に騒乱を巻き起こすためにな」

「なんとしても止めますぜ」

と仙右衛門が言い切ったとき、

「火事だ、火の手が上がったぞ！」

という叫び声が上がった。

「糞っ！」

仙右衛門が吐き捨て、ふたたびふたりは蜘蛛道の闇を走っていた。

四

火の手は角町の総籬松葉屋の裏手から上がり、折りからの烈風に煽られてますます勢いを強めんとしていた。楼の表口では女将のお八重、番頭の参蔵らが、

「お客人、花魁、火事だ。逃げろ、なにもかにもうっちゃって逃げるんだ！」

「大門を出たら、外茶屋の井桁屋に集まるんだよ」

と怒鳴ったり、叫んだりしていた。

「神守様」

喧噪の中、仙右衛門の押し殺した声が険しく響いた。

炎が立つ松葉屋の屋根になんと人喰い猿の羅刹が松明を片手に姿を見せて、走り出したのだ。

「羅刹が角町裏のあぶら屋の油蔵に火をつけたんですぜ」

「番方、羅刹はまず京町二丁目裏の油蔵に火を放とうとして杉吉に見つかり、杉吉を襲ったのであろう」

「糞っ！」

「番方、油蔵は伏見町にもあったな」

羅刹は屋根の上を迅速に飛ぶように走り、伏見町の方角へと向かっていた。

ふたりは羅生門河岸に飛び込んで、狭い路地を必死で逃げ出そうとする切見世女郎や客の間を、

「通してくんねえ、大事なんだ！」

と叫びながら強引に進んだ。

「神守様、羅刹が入り込んでおるのだ、三人組もこの騒ぎに乗じて廓内に入り込んだとみてようございますね」

仙右衛門は片手の提灯の灯りを高々と掲げて叫んだ。

「番方、押送船の連中と一緒に昨日のうちから廓内に潜入していたんではあるまいか。あやつらを小田原から江戸まで送り届けたのが夕凪楼に上がった船頭らとみれば符節も合おう」

「一夜を吉原で過ごしたとおっしゃるので」

「そういうことだ。われら、船頭が女郎に語ったことを鵜呑みにしてしまった」

「畜生」

ふたりは狭い溝板の路地を強引に突き進みながら怒鳴り合うように気づかされ

たことを話し合った。

「それにしてもあの三人組が潜り込める妓楼や茶屋はございませんぜ。会所の通達がどこも行き届いておりますからね。蜘蛛道にあやつらが入り込めば直ぐに分かりやす」

吉原の裏の貌、蜘蛛道の住人の多くは吉原会所の、

「眼」

であり、

「耳」

であった。

「いや、ある」

「どこで」

「裏見世の三筋楼だ」

なんと……と仙右衛門が呟き、絶句したあと、

「今夜のために鍬形精五郎は三筋楼の十一人を殺したと仰るんで」

「いかにも」

と答えた幹次郎は、

「十一人の命が奪われ、未だ血の臭いが濃く漂う家にだれが近づく。これほど安心な隠れ家もあるまい。さらにわれらの予想を裏切り、酉の市の前夜に行動を起こした」

ふたりはようやく伏見町の木戸を出た。

伏見町の楼という楼から男衆らが家財道具を運び出そうとしていた。そのために通りから大門付近で大勢の人々が揉み合い、大混乱に陥っていた。

「荷は捨てろ、空身で逃げるのだ！」

幹次郎が叫んだが、だれも聞く者はいなかった。

きいっ！

ふたりの頭上で羅刹が鳴いた。

「大門口に近い伏見町を燃やされたら、廓内で大勢の死人が出ますぜ！」

ふたりはなんとか三筋楼の路地に飛び込んだ。するとこの路地だけは不気味に静まり返り、人の気配がなかった。

「番方、それがしが先に参る」

幹次郎は仙右衛門と代わり、先を進んだ。

筵を巻かれた三筋楼の戸口が開いていた。

幹次郎が飛び込むと炎が角町から揚屋町へと広がったか、筵を透かして赤々とした炎が三筋楼の惨劇の場に差し込んで照らし出した。

十一人の体から流れた血が黒々と染みをつくっていた。その上に撒かれた石灰にも染みていた。

幹次郎は表口から帳場に向かった。

徳利が転がり、どこから持ち込んだか食い散らかされた膳が三つ見えた。

「神守様の勘が当たりましたな」

「菊水ら、吉原を炎上させ、江戸府内を騒乱に追い込もうとしておる。外には栢植おせんの一味が暗躍しておる」

「酉の市とみせかけて前夜に動きましたな」

「そういうことだ」

仙右衛門は未だ手にしていた提灯の灯りを吹き消し、その場に捨てた。もはや提灯の灯りなど必要ないくらいに吉原じゅうが赤々と燃えていた。

幹次郎は帳場から表口へと戻り、路地の奥へと走った。

羅刹の興奮した鳴き声が近くで響いた。

油蔵の前に菊水三郎丸がいて、松明を手にした羅刹が油蔵へと入り込もうとしていた。

「許せぬ」

押し殺した幹次郎の声に菊水が振り返り、羅刹も顔を向けた。

きいいっ！

羅刹が菊水の大きな体の上で飛び跳ね、幹次郎を威嚇した。

菊水が、

「そなたとは初めての手合わせじゃな。津島道場の勝負は茶番よ。あれがおれの腕と思うなよ」

師範の花村栄三郎との立ち合いは、手を抜いたものと告げると身幅のある剣を抜いて右肩の前に立てた。

その瞬間、幹次郎が、

すいっ

と間合を詰めていた。

研ぎ上げた刀の柄に手も掛けずにだ。

「血迷ったか」

菊水が振り上げた刀を接近する幹次郎の左肩口に落とした。

その瞬間、幹次郎の腰が沈み、右手が柄に伸び、

「眼志流居合横霞み」

の呟きとともに二尺七寸の刃が一条の光に変じて疾り、菊水の大きな胴に迅速にも吸い込まれた。

先に仕掛けた攻撃をものともしない、

「後の先」

の斬撃だった。

げえっ！

夢想もしない迅速果敢な胴斬りに襲われた菊水がよろめいた。

菊水の剣が力無く幹次郎の左に流れ落ちた。

羅刹が油蔵の屋根に飛び逃げた。

よろめく菊水が素手を伸ばして幹次郎に縋ろうとした。その腰から脇差を抜き取った幹次郎の手が翻り、油蔵の屋根から三筋楼の庇に飛び移ろうとした羅刹に投げた。

脇差は片手に松明を点した羅刹の背中を掠めた。それでも、
ぎゃっ！

絶叫した羅刹の手から松明が転がり落ちて、仙右衛門が松明の火を足で踏み消した。

羅刹はよろめくように屋根から屋根へと飛び移り、ふたたび奥へと向かった。

主の七縣堂骨鋒を探し求めているのか。

「あとふたり残っておる」

頷いた仙右衛門が蜘蛛道の奥へと走った。

幹次郎も抜身を提げて従った。

両人は江戸町二丁目の迷路を抜けた。角町に突き当たる寸前、ごおおっ、という音とともに前方から大きな火の玉が押し寄せてきた。

「駄目だ」

仙右衛門が呻くと、幹次郎の傍らに開きっ放しの戸口に飛び込んだ。

番方は廓内の生き字引と呼ばれていた。どこの路地も蜘蛛道もわが掌上(しょうじょう)のように承知していた。

幹次郎にはどこをどう抜けていくのか、全く理解がつかなかった。

妓楼の台所から帳場を走り抜け、裏手に出ると別の女郎屋に飛び込み、蜘蛛道を横切ると八百屋の店先を掠めた。蜘蛛道に住む人々はすでに門の外に逃れたか、がらんとしていた。

新たな妓楼の裏階段を上がった仙右衛門は、二階の庇伝いに角町の猛炎を避けようとしていた。

ふいに仙右衛門の足が止まった。

仲之町を挟んだ大籬三浦屋の前で主の四郎左衛門（しろうざえもん）が二階に向かってなにごとか絶叫していた。

ふたりは耳を澄ました。

「花魁、薄墨花魁！」

その声が聞こえ、二階の格子窓の向こうにちらりと七縣堂骨鋒と羅刹の姿が見えた。

障子に影絵が映った。

しなやかな影は吉原三千人の遊女の頂点に君臨する薄墨太夫だった。

「薄墨が奴らに囚われた」

幹次郎は提げていた無銘の剣を一度鞘に戻すと庇から飛び降りた。

仙右衛門も従った。

仲之町では揉み合う群衆を強引に掻き分け、飛び散る炎を潜り、三浦屋の表通りを外すとふたたび蜘蛛道に潜り込んだ。

幹次郎らが辿りついたのは三浦屋の裏口だ。

戸が開いて火炎にばたばたと鳴っていた。

裏戸の傍らに天水桶が積んであった。

幹次郎は懐から手拭いを出すと天水桶の水に浸して濡らし、口と鼻を塞いで後ろで結んだ。

仙右衛門も真似た。

幹次郎は天水桶の水を頭から被った、何杯も何杯も被るとびしょ濡れになった。

黙って仙右衛門も従った。互いに意志を確かめ合った。

幹次郎が先に戸を潜った。

三浦屋の台所から炎が噴き出しているのが見えた。

幹次郎は躊躇することなく炎の中に飛び込み、土間から板の間に飛び上がった。

至るところで炎が躍っていた。

がらんとした板の間に、逃げ遅れた禿が呆然としてへたり込んでいた。

仙右衛門が飛びついて抱えると三浦屋の台所から外へと連れ出していった。

幹次郎の顔が炎に火照った。すでに一文字笠は火を被り、熱くなっていた。

裏階段から一気に二階へと駆け上がった。すると炎が舞う大階段の奥に鎖鎌を手にした七縣堂骨鋒と羅刹がいた。

幹次郎は今や燃え上がろうとするほどに熱く熱せられた一文字笠の紐を解き、片手に持った。

気配に七縣堂が振り向いた。

「おまえか」

羅刹が薄墨太夫の座敷に飛び込む構えを見せた。

幹次郎が一文字笠を羅刹に向かって投げた、すると一文字笠が火を噴き、燃え上がった。

羅刹が燃え上がる一文字笠に気を取られ、

きいっ

と牙を剝いて幹次郎に突進してきた。

炎を映した大籬三浦屋の磨き上げられた大廊下は長かった。

幹次郎も踏み込んだ。

「羅刹、太夫を嚙み殺すのが先じゃぞ！」

七縣堂骨鋒が命じたが、時すでに遅かった。

幹次郎の手が翻り、羅刹が牙を剥いて跳躍した。

二尺七寸の剣と人喰い猿が虚空でぶつかり、円弧を描いた刃が羅刹の攻撃を避けて胴から肩へと深々と両断した。

げげええっ！

羅刹が体を丸めて障子を突き破り、座敷に転がり落ちた。

「おのれ、羅刹までを」

幹次郎に向かって鎖の先につけられた分銅が投げられた。回転をつけて飛ばされた分銅ではない。勢いが足りなかったことが幹次郎に幸いした。

その場に伏せると分銅を避けた。

伸び切った分銅が手元に引き戻されようとした。

その瞬間、起き上がった幹次郎が走った。

七縣堂の片手の鎌が構えられた。もう一方の手は分銅を手繰ろうとしていた。

それが傀儡子の七縣堂骨鋒の技を散漫にさせていた。

血に濡れた剣を上段に構えた幹次郎は、傀儡子の武芸者の脳天へと叩きつけた。

七縣堂は鎖鎌で受けようとした。だが、片手では薩摩示現流で鍛えた斬撃を止め切れなかった。

研ぎ師の段平が研ぎ上げた刃は鎖鎌の柄を両断すると、七縣堂の脳天に真っ向幹竹割り（からたけ）に振り下ろされた。

ぐしゃっ

傀儡子の脳天から眉間に刃が走った。

ぐらり

と小さな体が揺らいだ。揺らめく顔面を引き戻された分銅が直撃して、大廊下の後ろへと吹き飛ばし、勢い余った傀儡子の体は猛炎を上げる大階段から転がり消えた。

幹次郎は口と鼻を覆った手拭いを剝ぎ取ると薄墨太夫の座敷に飛び込んだ。

控えの間にはだれもいなかった。

「花魁」

奥座敷で人の気配がした。閉じられた襖を開けると、燃え盛る炎の中に薄墨太夫が端然と座し、幹次郎を見上げた。

「太夫」

「ぬし様が迎えに来ると信じておりました」

「参りましょうぞ」

幹次郎は刀を畳に突き立て、薄墨に背を回した。

「神守様に負ぶわれての道行ですか」

「一時の辛抱にございます」

「なんの、神守様とならば地獄の果てまでもお供しましょうぞ」

と答えた薄墨が幹次郎の背に負ぶわれ、幹次郎は立ち上がると突き立てた刀を抜き取った。

大門外では七代目四郎兵衛らが火事装束の刺し子に身を包み、仲之町の奥を見詰めていた。

今や五丁町は巨大な火炎に包まれていた。鬼簾が燃え、提灯が火を噴いていた。七軒茶屋のいくつかは二階の窓から炎が噴き出ていた。

烈風が吹き荒ぶ中、油蔵に火がつけられたのだ。

西の祭に合わせて跳ね橋を修繕し開閉の仕度をしていた会所では、火事より逃れるために設けられたすべての跳ね橋を下ろさせ、出口を増やして逃げ口を確保した。そのせいで泊まり客も遊女も住人も廓の外に逃げ出すことができた。

無人の仲之町に木枯らしに巻かれた炎が躍り狂っていた。

その光景は壮絶にも美しかった。

「七代目、薄墨太夫をなんとか助けてくれませんか」

三浦屋四郎左衛門が力なく言い、

「神守様が頼りだが」

と四郎兵衛が呟いた。

旋風が仲之町と京町の辻付近で起こり、辺りで荒れ狂う炎を呼び集め、巨大な竜巻になって吉原の上空へと巻き上がった。

「もう駄目だ」

四郎左衛門が肩を落とした。

そのとき、江戸町一丁目の辻から、雪景色を背景に凜(りん)として咲く紅椿をあしらった打掛姿の薄墨太夫と神守幹次郎が姿を見せた。

おおっ！

というどよめきが大門外で起こった。

燃え上がる炎に攻められつつ、右手一本に抜身を構えた幹次郎が仲之町を悠然と歩いてきた。

「花魁！」

四郎左衛門が歓喜の声を上げ、三味線を抱えて楼から逃げてきた番頭新造が清掻を思わず爪弾いた。三浦屋の先導を務める鉄棒引きが、
ちゃりん
と輪を鳴らし、

「三浦屋の薄墨太夫、炎の舞う仲之町道行にございます!」

と幇間が声を張り上げた。

幹次郎は一歩一歩大門へと近づいていた。

仲之町の引手茶屋から猛然たる炎が噴出し、幹次郎は一瞬足を止めた。

炎が弱まったのは風のせいか。

鍬形精五郎が行く手を塞ぐように立っていた。その手にはすでに抜身があった。

「仲間の菊水三郎丸、七縣堂骨鋒、人喰い猿の羅刹はそれがしが始末した。残るは鍬形精五郎、そなただけだ」

「許せぬ」

「鍬形、三筋楼の十一人の仇を討つ」

幹次郎も宣告した。

右肩に担ぐように大刀を構えた鍬形精五郎がするすると間合を詰め、幹次郎に

背から薄墨を下ろす暇を与えなかった。

間合が一気に五間（約九メートル）に縮まった。

幹次郎は右手一本で保持した剣の切っ先を迫りくる鍬形に向けた。いつもより握りを柄頭近くに移して保持した。二尺七寸をさらに長く使おうという算段だった。

「ぬし様」

「花魁、そなたの命、それがしの一命に替える」

それが吉原裏同心の務めだった。

両者の間合が三間を切った。

「神守様、死ぬも生きるも一緒にございます」

両者は生死の間合に入った。

鍬形精五郎が肩に担いだ剣を振り下ろした。

幹次郎の体は薄墨を負ぶい、迅速な動きを殺がれていた。その恰好のまま腰が低く沈み、鍬形の剣がふたりに圧し掛かるように襲った。

幹次郎は振り下ろされる刃に向かって無謀にも立ち上がった。

片手一本、切っ先を鍬形の喉元に、

すうっ

と伸ばした。

上段からの振り下ろしと、しゃがみ込みから中腰へと移る反動を利して伸ばされた突きが交差した。

大門外で悲鳴が上がった。

薄墨は、幹次郎の二尺七寸の剣が一瞬早く鍬形精五郎の喉元を突き破ったのを見た。

血飛沫が、

ぱあっ

と上がり、鍬形の体が後ろ向きに吹き飛ばされた。

「蛙飛び片手突き」

という声が薄墨の耳に届いた。

この夜の吉原炎上を『天明紀聞』はこう記す。

「十一月九日暁、吉原一郭不残焼失、夫より廓外江飛火し聖天町辺過半類焼し、又火川を飛越え小梅村に移り、余此日殊ノ外烈風なり」

この夜、吉原は灰燼に帰した。さらに浅草田町から聖天町一帯を焼失させ、さらに大川を越えて本所小梅村の水野左近将監下屋敷に飛び火した。

一夜明けた未明、四郎兵衛は事の次第を告げるために神守幹次郎を老中松平定信へと遣わした。

幹次郎は定信に面会し、事の顛末を告げた。

定信の行動は素早かった。

その行動の成果はこの日の夕暮れ、吉原に齎された。

田沼意次の江戸藩邸で大日向正右衛門が割腹して自裁したという知らせだった。

そのとき、幹次郎と汀女は左兵衛長屋の焼け跡に立っていた。燃え落ちた長屋は燻り続け、未だ薄い煙を立ち昇らせていた。

「幹どの、綺麗さっぱりと燃えましたな」

「姉様、さばさばと致したな」

「また出直しですよ」

「姉様と一緒なればそれもまたよかろう」

「ほんにな」

汀女が幹次郎の横顔を見ながら言いかけた。その脳裏に幹次郎と薄墨太夫の炎の道行の光景が思い描かれていた。だが、そのことを口にすることはなかった。夫婦の命を差し出しても吉原を、遊女を守ることがふたりの務めだった。ただそれだけのことだ、と汀女は自らを得心させていた。

二〇〇七年三月　光文社文庫刊

光文社文庫

長編時代小説
炎上（えんじょう）　吉原裏同心(8)　決定版
著者　佐伯泰英（さえきやすひで）

2022年7月20日　初版1刷発行

発行者　鈴木広和
印刷　萩原印刷
製本　ナショナル製本

発行所　株式会社　光文社
〒112-8011　東京都文京区音羽1-16-6
電話　(03)5395-8149　編集部
8116　書籍販売部
8125　業務部

ISBN978-4-334-79337-1　Printed in Japan

組版　萩原印刷